THE WOMAN IN CABIN 10
RUTH WARE

第10客室の女（上）

原題・The Woman in Cabin 10

作・ルース・ウェア
超訳・天馬龍行

PART ONE

第10客室の女

第1章　突然の災難

主人公のローラ・ブラックロック

変だ、と最初に感じたのは、飼い猫の鳴き声で目を覚ました時だった。部屋の中は真っ暗で、猫は間近で鳴いていた。昨晩キッチンのドアを閉め忘れたらしい。酔っ払って帰宅したりするからこんな罰を受けるんだ。

「あっちへ行きなさい！　甘ったれて！」

太い声で命じても、飼い猫のデライラは鳴きやまずに顔を押し付けてくる。わたしが顔を枕にうずめると、今度は耳をこする。わたしは心を鬼にして彼女をベッドの上から払いのけた。ドン、と小さな音を立てて床に飛び降りたデライラは、悔しそうなひと鳴きをしてからドアを引っかきはじめた。布団に潜ってもドアを引っかく音がよく聞こえた。

ドアが閉まってるなんておかしい、とその時になって気づいた。

はっとして上半身を起こした。わたしを見てデライラは嬉しそうにベッドに飛び乗ってきた。わたしはデライラを抱き寄せてから耳を澄ませた。

キッチンのドアは閉め忘れたのかもしれない。それか、閉めても、きちんと最後まで閉めなかったのかもしれない。しかし、ベッドルームのドアはいつも開けておくのがわたしの習慣でもあり、インテリアの構造上そうなっている。それが今閉まっているのだから、誰かが外側から閉めたとしか考えられない。

わたしは座ったまま凍りついた。暖かいデライラを胸に抱いたまま部屋の外で何か物音がしないか再び耳を澄ませた。

物音はしなかった。

安心したからか、考えるゆとりができた。もしかしたら、わたしが部屋に入ってきたときすでにデライラはいて、ベッドの下に隠れていたのかもしれない。それとも、酔っていたわたしが無意識にドアを閉めてしまったのか？

正直言って、駅で降りて以降の記憶はほとんどない。帰宅時にはじまった頭痛が一時は消えたものの、パニックが鎮まった今、脳が頭蓋骨の内側でうずき始めた。週末以外は飲むのを本当にやめなくては。二十代のときは平気だったが、今は、以前のようには二日酔いが簡単に治らない。なぜかデライラが腕の中でもがきだした。さかんにわたしの二の腕を引っ掻いている。わたしは彼女を放してやり、クローゼットからガウンを引っ張り出して羽織った。ベルトを締めてからデライラをすくい上げ、キッチンへ連れて行こうと、ベッドルームのドアを開けた。心臓が事実上止まった。

覆面をした男が目の前に立っていた。

どんな男だったか思い出せと言われても無理と答えるしかない。すでに警察で二十五回も同じ質問に答えている。

「なにも思い出せませんか？　手首の色も見なかったのかね？」

「見えませんでした」

男は覆面にバンダナをしていたから鼻も口も隠れていた。見えたのは手だけだった。

しかし、その手は右も左も手袋をはめていた。その点を取調官に向かって供述するたびに身の毛がよだつ。手袋は、犯行が計画的であることを告げていた。犯人の用意が周到なことが、場合によっては物取りだけではすまないぞ、と語っていた。

男とわたしは数秒間見つめあった。男の光る目玉がわたしの目を射すくめていた。何百もの悔いが頭をよぎった。携帯はどこに置いたっけ？　昨日の夜あんなに飲まなければ良かった。シラフだったら賊の侵入に気づいたろうに。ああ神様、ボーイフレンドのジュードがいてくれたら。

中でも怖いと思ったのは、問題の手袋だ。冷たく光っていて、いかにも手馴れたプロっぽさが感じられた。わたしは口が利けず黙って立ち続けた。着ていた灰色のガウンの裾がめくれていた。デライラはわたしの腕から飛び降り、キッチンに向かって廊下を走っていった。

〈お願い、乱暴しないで！〉

わたしは祈った。

〈ああ神様、わたしの携帯はどこにあるんですか？〉

そのとき、わたしは男の手が何かぶら下げているのに気づいた。買ったばかりのバーバリーのハンドバッグだ。細かいことはどうでも良い、重大なのは、あの中にわたしの携帯が入っていることだ。バンダナの下で男の目じりにしわがよった。笑ったようにも見えた。戦うか、逃げるか、そのどっちかになるわけだ。わたしは全身の血が体の中心に集まるのが分かった。

男が一歩前に出た。

「やめて！」

わたしは命令調で言ったつもりだったが、聞こえた自分の声は、小さくて調子はずれで震えていた。当然体も震えていた。

「やめ……」

わたしは「やめて！」の一言すら、きちんと言えなかった。

男はわたしを投げ捨てるように勢いよくドアを閉めた。ドアの枠がわたしの頬を打った。

恐怖と激しい痛みからわたしはしばらく動けなかった。頬に当てたわたしの冷たい手が何か温かいものに触れた。それが自分の血であることは見なくても分かった。

わたしはベッドに戻り、枕に顔をうずめて思いっきり泣きたかったが、頭のどこかが臆病な警告を発していた。

〈男はまだそこにいるかも。ドアを開けて入ってきたらどうする？　ベッドの上で襲われたらどうする？〉

ガチャン、と何かが落ちる音が聞こえた。わたしは恐怖に縛られて体が動かなかった。まるで全身が麻痺してしまったかのようだった。

〈戻ってきませんように！　戻ってきませんように！〉

　自分でも気づかずに息を殺していたから、我慢できなくなって大きく息を吐いた。そして、びくびくしながらドアの取っ手に手を伸ばした。廊下の向こうから再び割れるような音が聞こえた――ガラスが割られたらしい――わたしはあわてて取っ手を握り身構えた。ドアの開け合いになった時に力負けしないよう、足の指が床板に食い込むほどに力み、胸をひざに当ててその時に備えた。男が窓ガラスを手当たり次第に割っているのが聞こえた。デライラが庭に逃げて無事なことを神に祈った。

　待ちきれないほどの時間が過ぎ、ようやく玄関のドアを開け閉めする音が聞こえた。

　男が本当に行ってしまったとは思えなくて、わたしはひざに顔をうずめて泣いた。

〈ああ神様、あいつが戻ってきてわたしを襲ったりしませんように〉

　わたしは感覚がなくなった手で取っ手をしっかり握り続けていた。男のくすんだ色の手袋が目頭から消えなかった。これからどうなるのか検討もつかなかった。終わったのか？　それともまだ何かあるのか？　不安は消えなかった。こうして一晩中この場から動けないのだろうかと思っていたとき、デライラがドアの向こう側を引っ掻く音が聞こえた。

「デライラ！」

　声は自分のものとも思えないほどかすれていて、しかも震えていた。

「ああ、デライラ！」

　ドア越しに聞こえてきた猫が引っ掻く音に、呪いが消えたようにわたしは落ち着きを取り戻した。そして、固まった手を解き、震える足で立ち上がると、取っ手を回した。取っ手は軽く回った。妙だ、軽すぎる。取っ手は回ったものの肝心の芯棒が回っていなかった。よく見ると芯棒は向こう側から抜かれていた。

「クソ！」

「クソ！　クソ！　クソ！」

　わたしは寝室に閉じ込められてしまった。

第2章 逃したくない幸運

隣室のジョンソン夫人
副編集長のジェニファー
編集長のローアン

固定電話がないので、外部に助けを求めるすべはなかった。

やむなく金槌で鍵の部分を壊して何とかドアを開けることができた。しかし、二時間もかかってしまった。わたしが住んでいるところは狭い部屋が三つ連なるちっぽけな半地下のアパートだった。キッチンに、ベッドルームに、ぎりぎりのバスルーム。そのすべてをベッドルームから見渡すことができるが、わたしはひとつずつ見て回らなくては安心できなかった。掃除用具を入れてある廊下の食器棚まで開けて中を確認してからようやく賊が去ったと判断できた。

隣の部屋の玄関前に立ったときは、頭痛に襲われていたうえに両手が震えていた。

その部屋の女あるじが返事をするのを待つ間、暗い通りを肩越しに振り返ってはがたがたと震えていた。ベルを押してもドアをどんどん叩いても女主人はなかなか起きてくれなかった。午前四時ごろだった。

ようやくジョンソン夫人がぶつぶつ言いながら階段を下りてくる音が聞こえた。ドアを少し開け、その隙間から見せた夫人の顔には迷惑そうな表情がありありと浮かんでいた。しかし、ガウンを羽織り顔から血を流して震えながら立っているわたしを見て、夫人の表情は一変した。チェーンをはずしてドアを大きく開いて夫人は声を上げた。

「まあ大変！　いったいどうされたの」

「強盗に入られたんです！」

晩秋の冷たい風のせいか強盗に入られたショックのせいか分からなかったが、ついに歯がカチカチと鳴って言葉がなかなか出てこなかった。

「まあ！　血が出ているわよ、あなた！」

夫人は心配そうに手を差し出した。

「さあ、中に入って！　どうぞどうぞ」

夫人はペーズリー模様のカーペットが敷かれた居間にわたしを招き入れた。メゾネットタイプの2階家で、全体が狭くて暗くて、室温が高すぎた。が、わたしにとってはこれ以上のない救いの地だった。

「さあ、お掛けになって……」

夫人は赤いビロードのソファをわたしに勧めてから、自身はひざまずいてガスストーブをつけた。

「いま紅茶をいれますからね」

「いえ、結構です。どうぞお構いなく。それよりも……」

夫人は頑として首を振った。

「ショックを受けたときは、熱い紅茶が一番いいんですよ」

わたしはソファに腰を下ろし、震える両手でひざを覆った。

夫人は小さなキッチンで忙しそうに動き回ってから、両手にマグカップを握って戻ってきた。

わたしは自分に近いほうのカップを受け取り、頬の痛みに顔をしかめながら一口すすった。甘すぎたが、口の中の出血と中和してちょうど良かった。夫人は自身では飲まずに心配顔でわたしを見守っていた。

「その強盗に……」

夫人の言葉がかすれた。

「……何かされたの?」

夫人の質問の意味がよくわかったわたしは首を横に振った。しかし、口に出して言うには、紅茶をもう一口すすって口の中を温める必要があった。

「手も触れなかったわ。強盗はドアを乱暴に閉めてわたしの頬を傷つけたの。そのあと閉じ込められた部屋から出るときに手を怪我してしまって……」

話しながらわたしは、金槌とはさみで取っ手をはずした時のことを思い出していた。そういえば、ボーイフレンドのジュードはわたしがいつもとんでもない道具を持ち出すことを笑っていた。食事用のナイフでねじを締めたり、自転車のタイヤを園芸用の鉗子ではずしたりもした。しかし、そのジュードは今ウクライナに出張していてここにはいない。彼が恋しくて泣き出しそうだが、今それで泣いたら、止まらなくなってしまいそうだった。

「まあ、かわいそうに、大変だったわね」

夫人に言われてわたしはつばを飲み込んだ。

「ジョンソンさん、紅茶をありがとうございます。実は、お邪魔したのは……電話を拝借させてもらえますか？　わたしの携帯は強盗に持っていかれてしまって……まだ警察にも連絡していないんです」

「どうぞ、どうぞ、お好きなように使ってください。その前に紅茶を飲みましょう」

　夫人はクロスのかかった小テーブルの上の電話を指差した。超旧型のダイヤル式で、おそらく骨董店以外だったらロンドン中で残っている唯一の電話機だろう。わたしは受話器をとり緊急電話をかけるべくダイヤル〝9〟に指を入れたが、思い直した。賊がもういなくなってしまったのに緊急番号に電話しても意味がないのでは。したがって普通の番号で警察に電話をした。

　後悔することがいろいろあった。やはり保険には入っておくべきだった。鍵をもっと新式のものに替えておくべきだった。後回しにするから今夜みたいなことになるんだ。


　何時間か後、わたしは出張鍵屋が玄関ドアの旧式鍵を高性能の新しい鍵に替えるのを眺めていた。そのあいだじゅう、家の安全についての講義を聞かされ、いやらしいジョークでからかわれる羽目になった。

「このパネルがずれてるなあ。おれがひと蹴りすれば収まるよ。やってみようか、お嬢さん」

「いいえ結構、あなたはドアも治せるんですか？」

「いや、おれはやってないけど、ダチがやってるよ。そいつの番号を教えようか？　そいつに頼めば十八ミリの厚い板と取り替えてくれるよ。昨日の夜みたいなことは繰り返したくないだろ」

「もちろん」

答えるまでもない当たり前の話だ。

「サツにいるダチの話だと、強盗の四人に一人は繰り返しやってくるらしいぞ。二度三度とやってくるやつもいるらしい」

「そうなの？」

わたしは小さな声で一言漏らしたが、貴重な情報ではあった。

「板の厚み十八ミリをお宅の旦那のためにメモっとこうか」

「いえ結構、わたしは独身ですから」

〈二桁の数字くらい覚えられるわよ〉

「ああなるほど、それでか」

鍵屋はその言葉が何かを証明するかのような口調で言った。

「するとこのドアのことは全てあんたの意思で替えられるわけだ。ロンドンバーも付けておこうか？　でないとひと蹴りされただけでまた昨日みたいなことになるからな。車に一つ積んであるから今つけちゃおうか？　ロンドンバーって知ってるだろ？」

「知ってますよ」

　わたしはうんざりして答えた。

「鍵の上のほうにつけておく金属の道具でしょ」

　鍵屋はわたしを甘く見て、何でもかんでも売りつけようとしていた。

「じゃあこうしよう」

　鍵屋はノミを尻のポケットに放り込んで言った。

「ロンドンバーを付けたらベニヤ板はサービスで取り替えておくよ。ちょうどいいサイズのものを車に積んであるから。元気出しなよ、お嬢さん。強盗はもうここからは潜り込んでこないから」

　どういうわけか鍵屋の言葉は反対に聞こえた。


　鍵屋が引き揚げてからわたしは紅茶をいれて一人で飲んだ。その間デライラは家中を嗅ぎまわり、あちこちのにおいを嗅いではニャンニャン鳴いていた。

　猫は自分の聖地が侵略されたのが悔しかったのだろう。わたしも同じ気持ちだった。ベッドをめくって中を調べるような真似はしないまでも、あちこち点検して確かめないと気持ちが収まらなかった。

わたしの小さな世界が破壊されてしまった。そのことを警察に供述するのも悪夢だった。侵入者を見たのかと聞かれてもその詳細は語れない。持って行かれたバッグの中に何が入っていたかといえば、わたしの生活の全てだ。お金に、携帯電話に、運転免許証に、診察券、その他、マスカラから交通カードまで、毎日使っているものの全てだ。

警察署に電話したときの受付のつっけんどんで紋切り型の聞き方が忘れられない。

「携帯の種類は？」

「特に高価なものじゃないんですけど」

わたしは相手の勢いに押されて弱々しく答えた。

「普通の古いアイフォンです。型式は覚えてないんですけど、調べることはできます」

「はっきりした型式と製造番号が捜査に必要です。それから、診察券って言ったけど、どんな病気なのか聞いてもいいですか」

その質問にわたしは身構えた。

「わたしの病歴が捜査と何の関係があるんですか？」

「特にありません」

受付は苛立っていた。

「もしピルが盗まれたなら、その市販価値が捜査の対象になります」

警察官の質問にいちいち苛立つ自分が悪いとは分かっていた。相手は単に職務を遂行しているだけなのだ。だが、罪を犯したのは強盗であって、なぜわたしが犯罪者のような扱いを受けなければならないのか？

紅茶のカップを手に居間の中央へ来たとき、ドアを叩く音が聞こえた。静まり返った中だったから余計大きく聞こえた。わたしはびっくりしてその場に凍りつき、中腰になって身構えた。

黒い皮手袋の目出し帽を被った顔が脳裏をよぎった。ドアを叩く音が再び聞こえた。コーヒーカップが床に落ちて割れ、足が紅茶で水浸しになっているのにわたしはその時になって初めて気づいた。

ドアを叩く音が止まらなかった。

「ちょっと待ってください」

わたしは腹が立ちすぎて泣き出しそうだった。

「今行きますから。そんなに叩くのはやめてください！」

「すみません。ミス」

わたしがドアを開けるや警察官が謝った。

「聞こえていないのかと思いまして」
そう言いながら、警察官は割れたカップが床に転げていることに気づいた。
「何があったんですか？　まさかまた強盗じゃないでしょうな、ははは」

警察官が調書を終えて帰ったときは昼を過ぎていた。

わたしはラップトップを開いた。最初からベッドルームに置いてあって、強盗に持っていかれずに済んだ唯一のハイテク機材だった。わたしの仕事とパスワードの全てがそこに記録されている。ピンナンバーは無かったが、他のものは大体そこにあった。

いつものEメールボックスを見ると〝今日は出社するの？〟の文字が目に留まった。わたしはぎょっとなった。自分が働いている旅行雑誌〝ベロシティ〟に連絡するのをすっかり忘れていた。

Eメールしようかと思ったが、結局わたしは、万一のときのためにとっておいた二十ポンド紙幣を紅茶の空き缶から取り出し、地下鉄の駅にある、怪しげな携帯ショップへ歩いて向かった。交渉に時間がかかったが、結局店の青年は十五ポンドでプリペイド式携帯電話を売ってくれた。わたしは道の反対側のカフェに座って副編集長のジェニファーに電話した。

彼女には、強盗に入られた件を茶番劇風に面白く話した。部屋に閉じ込められた二時間のことや、金槌とはさみで取っ手を壊したこと、覆面や手袋などの頭から消せない恐怖については一切語らなかった。

「まあ！」

受話器から聞こえてくる彼女の声は恐怖でゆがんでいた。

「それであなたは大丈夫なの？」

「まあね。でも今日は会社には出ないわ。いろいろと片づけがあるから」

「本当にお気の毒。でも、どうする？　オーロラ見物の件。誰かに代わってもらう？」

副編集長が何の話をしているのか初めは分からなかったが、すぐ思い出した。

新たに建造された超豪華客船〝オーロラ号〟の処女航海に旅行業者が数人選ばれ招待されていて、その幸運な人たちの中にもしかしたらわたしも入れるかもしれないことをすっかり忘れていた。

夢のような話である。旅行雑誌の編集に携わっているとはいえ、わたしの実際の役目は、メディア向けに提供された原稿を切り張りしたり、ローアンが送ってくる写真の中から記事に合うのをみつくろったり、というような編集補助でしかなかった。オーロラ号の処女航海に招待されたのも実はローアン編集長本人だった。ところが、ローアンは妊娠していて航海などの長期出張は控えたほうがいいと本人は判断していた。それで幸運のお鉢がわたしに回って来たわけだが、それが本当に実現するまでは絶対口外しないようにと言い聞かされていた。だからわたしも半信半疑で事の実現を待っていた。何しろ、こんないい条件なら自分も行きたいという先輩は大勢いるのだから。しかも、ローアンが出産となれば、より重要な仕事がわたしに回ってくるだろうし、昇進も夢ではないので、わたしはローアンの言いつけを固く守ってきた。

もし実現するなら今週末の日曜日が出帆の日である。二日後だ。

「いいえ!」

わたしの答えははっきりしていた。

「誰かに代わってもらう必要なんかありません。わたしが行きますから」

「本当に大丈夫なの? パスポートはちゃんとあるの?」

「ベッドルームにあったから。強盗には持っていかれなかったわ」

「本当の本当に大丈夫なのね?」

副編集長はしつこかった。

「これはあなたにとっての幸運だけじゃなくてベロシティ誌にとってもチャンスなのよ。編集長もあなたにその気がなかったなら推さないはずだし……」

「わたしはその気ですから……」

　わたしはそう言って副編集長を黙らせた。こんなチャンスを逃すなんてありえなかった。

「いいでしょう」

　気乗りしなさそうな副編集長の反応だった。

「そういうことなら、オーロラ号が用意したプレスリリースを列車のチケットと一緒にあなたのところへ速配業者に届けさせるわね。編集長のメモもあるから読んでおいて。参加するとなったらベロシティ誌の代表になるんだからしっかりやってね。招待者の中には有名人が何人もいるわ。そんな人たちと知り合えるのもビッグチャンスよ。あなたのキャリアアップにもなるしね」

　わたしはカフェのカウンターからペンを取り、ペーパーナプキンを広げてメモの用意をした。

「出発時間を教えてくれますか?」

「あなたが乗るのはキングズクロス駅十時半発の列車ですよ。資料は全部まとめて送りますからね」

「お世話様、いろいろありがとう、ジェニファー」

「どういたしまして」

うらやましそうな副編集長の声だった。彼女自身が乗船希望者に名乗りを上げるのでは、とわたしはちょっぴり心配になった。

「では、気をつけてね、ロー」

重い足を引きずり家に着いたときは、外はまだ明るかった。足は引きつり、頬は痛んで、一刻も早く長湯に浸かりたかった。

あまり疲れていたので、湯船の中で眠ってしまいそうだった。そしたら湯船で死ぬことになるんだろう。そんなことになったら素っ裸になったまま死んでいるわたしを見つけてくれるのはジュードしかいない。彼は今出張中だから一週間後になるだろう――わたしは首を振ってそんな妄想を頭から振り払った――第一、わたしのバスタブは百二十センチの長さしかないから、横になって髪を洗うこともできない。ましてや、溺れるなんて有り得ない。

湯加減はちょうど良かったが、頬の傷が痛んだ。わたしは目を閉じ、別の世界にいる自分を空想した。この薄ら寒い小さな集合住宅ではない別の場所、薄汚れた犯罪都市のロンドンから遠く離れたところ。そう、ノルウェーのすてきな海岸を歩いている自分を思い浮かべてみた。わたしの耳を優しい風が撫でていく。ノルウェー海岸の風だとするとバルト海から吹く風かな？　旅行雑誌社で働いているくせにわたしは地理に弱い。

そんな夢に浸っているあいだにも、望まないイメージが脳裏に浮かんでしまう。〝強盗の四人に一人は繰り返しやってくる〟出前鍵屋の親父が言っていた。ベッドルームでおびえて身構える自分が思い出される。覆面と手袋が脳裏をよぎる。

目を開けて現実を確認しても気分は楽にならない。

〈お前はどうせしくじるんだ!〉

わたしの内なる声が叫ぶ。

〈それが自分で分からないのか!〉

うるさい、うるさい、黙れ! わたしは目を固く閉じ、数をかぞえはじめる。かぞえながら嫌な場面を頭から振り払う。一、二、三、息を吸い込んで、四、五、六、息を吐いて、一、二、三、息を吸い込んで、四、五、六、息を吐いて……。

ようやく嫌な場面は薄れていった。だが入浴は台無しになった。急に息苦しいバスルームから出たくなって、わたしは湯船から出ると、タオル一枚身に巻き、もう一枚を頭に巻いてベッドルームへ入った。ベッドの上にはまだラップトップが載っていた。

それを開くなりグーグルで検索した。〔一度入った強盗は何パーセント繰り返すか?〕リンクのページが現れ、わたしは手当たり次第にクリックしていった。ついに次のような文に突き当たった。

〈強盗が繰り返すのは……国全体の十二ヶ月間の統計によれば約二十五パーセントから五十パーセントのリピート率である。さらに二十五パーセントから三十五パーセントが同じ被害者になっている。英国警察の統計によると、一ヶ月以内のリピート率は二十八パーセントから五十一パーセントで、一週間以内は十一パーセントから二十五パーセントである〉

なるほど、つまりあの商売上手な鍵屋のおっさんは英国の抱える問題を理解していたわけだ。特に三十五パーセントもの被害者が同じ被害を受けるという事実にわたしは愕然とした。いずれにしても、そんな一人には絶対になりたくなかった。

だからこそ今夜だけは絶対に飲むまい、とわたしは自分に誓った。それで、玄関ドアと、裏口のドアと窓の鍵をチェックしてから、さらに二度チェックして、プリペイド携帯を充電してベッドの脇に置き、カモミールティーをいれて飲んだ。旅行のためのプレスファイルとチョコレート菓子の箱をベッドルームに持ってきて、ラップトップを開けた。夜の八時でまだ夕食はとっていなかったが、わたしはとても疲れていて——料理をする元気も、出前を頼む元気もなくて——北欧クルーズのプレスパックを広げて眠気に襲われるのを待った。

だが眠気はやって来なかった。チョコレート菓子をほとんど平らげ、オーロラ号に関する資料のページを次々と読んでいった。豪華な客室がちょうど十室ある……受け入れ可能な乗客の最大人数は二十人で……世界中の有名ホテルやレストランからえりすぐりのサービススタッフを集め……喫水やトン数といった専門的情報を読んでも眠気はやって来なかった。わたしは目を開けたまま疲れきってしまった。

ベッドに横になりながら強盗のことは考えないようにした。代わりに、仕事のことと、日曜までにしなければならない用意のことに意識を集中させた。クレジットカードを新しくしよう。旅行についての調査と荷造りを怠らないように。出発前にジュードに会えるだろうか？　彼はきっとわたしの古い番号にかけ続けているんだろう。〈ハーイ、ラブ〉わたしはタイプをし始めたが、手を止め指の爪をかんだ。彼にどう話したらいいんだろう。強盗のことなど話したら余計な心配をさせるだけだ。その話をするのはまだ早い。必要とされているときに居なくて彼は責任を感じるだろう。だからわたしはこう書いた。

〈携帯をなくしてしまったの。長い話になるからあなたが帰ってきてから話すわね。わたしが出発する前に会いたいわ。もしわたしに連絡するときはEメールをちょうだい。携帯メールはダメだから。日曜は何時ごろ帰るの？　その日わたしはノルウェー旅行に出るのよ。会いたいわ。出発前にあなたとゆっくりしたい。でも、それがかなわないときのために、一応言っておくわ。〝バイバイ、来週末まで、ロー〟〉

午前三時三十五分。わたしはよろよろしながらキッチンへ行き、ジンをトニックで割り、薬でも飲むように一気に飲んだ。今までで一番濃いジントニックにぶるっと震えた。二杯目を作り、今度はゆっくり飲んだ。これがこんがらかった神経細胞を解きほぐしてくれ、リラックスできて心地よかった。

ビンに残ったジンを使って三杯目を作り、それをベッドに横になって飲み、効果を待った。一、二、三。息を吸い込み、四、五……。

眠りに落ちた記憶はないが、少しは眠ったらしい。頭痛をこらえながらかすんだ目で見ると、時計の針は四時四分を指していた。そのとき、怒ったデライラのひげ面が目に刺さってきて、朝食の時間だと訴えていた。頭痛が昨日より激しかった。

六時を過ぎた。ということは、眠るのにあと一時間半しかない。目が冴えているのだから眠ろうと努力するなんて無駄なことだ。その代わり、わたしは起き上がりカーテンを開けて夜明けの空を覗いた。雲間の光がわたしの半地下のアパートの窓に差し込んでいた。寒い一日になりそうだった。わたしはスリッパを突っかけ廊下を歩いて、部屋の温度調節のスイッチを入れた。

土曜日なので仕事はなかったが、新しい携帯の番号をもらったり、銀行のカードを再発行したりするのにほとんど一日つぶれてしまった。夕方になったときは疲れてくたくただった。

以前にタイからロサンゼルス経由で帰ってきたときのような疲れ方だった。寝不足で目は真っ赤に充血して、眠ろうと努力しても眠れず、ついにあきらめて何とか大西洋を横断して、家に戻るなりベッドに倒れ込みそのまま二十四時間眠り続けた。目を覚ましたときもふらふらだったが、日曜日の新聞を抱えたジュードがドアをノックしてくれたっけ。

しかし今回のわたしのベッドはもはや安息場所ではない。

旅の準備をしなければならない。この旅行は雑誌編集の下働きから脱出できるまたとない機会になるだろう。失敗は許されない。わたしにだってできることを証明するチャンスだ。ローアン編集長のように有名人たちとの社交を上手にこなして、ベロシティ誌の名前をあげよう。オーロラ号の所有者のバルマー男爵のような大物とも知り合えるんだ。男爵が費やす広告費の一パーセントでも獲得できたら、ベロシティ誌は何ヶ月間にもわたって発行部数を増やすことができるだろう。この処女航海には有名な旅行作家や写真家も招待されている。彼らの署名やその写真が表紙に使えたら大手柄だ。

バルマー男爵を囲む夕食会もあるだろう。そんな折は商売根性丸出しの売り込みはしないほうがいい。連絡先だけ聞き出せたら後でゆっくり話す機会を作ってもらおう……いずれわたしの昇進も夢ではない。

そんな夢に浸りながらわたしは夕食用の冷めたピザをつついた。腹いっぱいになったのでプレスの資料を手に取り、ぱらぱらとページをめくった。写真と言葉が目の前で踊り、似たような形容詞が頭を通り過ぎていった。

手作りの……輝かしい……超豪華な……手作業による……職人技の……

わたしはあくびをして資料を放り投げ、時計を見ると九時を過ぎていた。いよいよ眠れる。ドアの鍵が閉まっているのを何度も確認した。くたくたに疲れて猛烈に眠かったので、今強盗が入ってきてもたぶんわたしはそのまま眠り続けるだろう。


二十二時四十七分に自分が間違っていたことを思い知らされた。

二十三時二十三分になるとわたしは愚かにもしくしくと泣き出した。わたしはもう二度と眠れないのだろうか。

眠らなければいけない。眠らなければ……頭で計算できずに指を折って数えた。なんとこの三日間で四時間しか眠っていない。

眠りの味がする。眠りの感触がある。だが手が届かない。眠らなければ。眠らなければ。眠れなかったら頭がおかしくなりそうだ。再び涙がこぼれてきた。フラストレーションの涙だろうか？　自分へのあてつけか？　強盗に対する怒りか？　それとも単なる疲労か？　眠れないということだけがはっきりしていた。まるで目の前にぶら下げられた希望のようなものだった。

ああ神様、わたしは眠りたい……デライラがわたしを振り向きびっくりした顔をした。わたしが大きな声を出したのだろうか。それさえも分からなくなっていた。神様、わたしはだんだんおかしくなってゆく。

ここから出て行くしかない。わたしはふらふらと起き上がり、靴を突っかけ、パジャマ姿のままコートに袖を通し、バッグを拾い上げて外へ出た。どこでもいい。歩くしかない。眠りがやってこないなら、わたしのほうからつかまえに行くんだ。

第3章　愛

ボーイフレンドのジュード・ルイス

夜中の道路は無人ではない。だが、いつも仕事に行くときの状況とは違う。レモンイエローの街灯が灰色の闇の中に浮かび、冷たい風に新聞紙が舞い、道路わきにはありとあらゆるごみが吹き寄せられている。パジャマ姿の三十二歳の女が一人で夜の街を歩くのだから危険極まりないはずだが、わたしは自分のアパートに居るときより安心できた。ここなら大声を出せば誰かに聞こえるだろう。

行く当てなどなかったので、疲れきるまで歩いた。ハイバリー辺りに来たとき、雨が降っているのに気づいた。だいぶ前に降り始めたのだろう。気づいたときは、靴から上まで全身が濡れていた。どうしようか。フルーツパンチで酔った頭で考えた結果、足は我が家へではなく、南、つまりエンジェルに向かっていた。

気づいたとき、わたしはジュードが住むアパートのビルの玄関前に立っていた。ひたいにしわを寄せ、かすんだ目で覗くと、ベルパネルの上に彼の丁寧な手書きで名前が書かれている。〝ルイス〟。

いまジュードはここに居ない。ウクライナに出張中で、明日の朝まで留守だ。でもスペアキーがポケットに入っているから、これから長い距離を歩いて自分のアパートに歩いて戻る元気はなかった。わたしの頭の奥の声がささやいていた。

〈歩く元気がないんじゃなくて自分のアパートで寝る勇気がないんだろ。臆病者〉

わたしは首を振って雨粒を振り払い、持っていた鍵の束から彼の部屋のスペアキーを取り出した。玄関に入ると共同住宅特有の生温かさと臭いに包まれた。

二階へあがり用心深く部屋の中に入っていった。中は真っ暗で、窓はすべて閉め切られていた。

「ジュード？」

彼が居ないのが分かっていながらわたしは呼んでみた。もしかして、彼が友達を泊めていないとも限らない。夜中に突然侵入して、心臓発作でも起こされたら大変だ。そのときの怖さはわたし自身が昨日体験している。だから、もう一度呼びかけた。

「ジュード? わたしよ、ローよ」

返事はなかった。アパートの中は無音だった。左側のキッチンのドアを開け、抜き足差し足で中に入った。照明をつけないままわたしは濡れた衣服を脱ぎ捨てた。コートに、パジャマに、下着まで――洗濯槽の中に投げ入れた。それから、素っ裸のままジュードのベッドに向かった。

空っぽのダブルベッドが、差し込んでくる月明かりの中で安座していた。灰色のシーツが、ジュードがたった今抜け出したかのようにめくれていた。わたしはシーツの柔らかさを感じながら、手足を使ってベッドの真ん中に潜りこんだ。彼の香りが残っていた。汗と、アフターシェーブと、彼自身の香り。わたしは数を数えはじめた。一、二、三……たちまち眠気の大波が襲ってきた。

わたしの深い眠りを覚まさせたのは、女の頓狂な叫び声だった。次に覚えているのは、誰かに上に乗られ、両手を押さえられたことだった。真っ暗闇と昨日から続く恐怖の中での出来事だった。わたしは抵抗するすべを求めて手足をバタつかせた。そして手に触れた電気スタンドを持ち上げると、相手の顔に思い切り叩きつけた。それが不完全な覚醒のなかで起きたことのすべてだった。

「ロー！　僕だよ！　やめてくれよ」

「えっ」

「いやあ、まいった！」

わたしの横でジュードが悲鳴を上げた。ライトはどこかと手探りしながら思い出した。わたしがジュードの顔に叩きつけたことを。

震える足でベッドから滑り降りたわたしは、手探りで照明のスイッチを探し当てた。部屋がぱっと明るくなると同時に、恐ろしい光景が目の前に展開されることに。

ジュードが顔を両手で覆い、ひげと胸を血だらけにしてベッドにうずくまっていた。

「オー、オー、ジュード！」

わたしはベッド脇の箱からティッシュを何枚も取り出し、あわててジュードの傷口に当てた。

「オー　マイ　ゴッド、ジュード！　何があったの？　あの悲鳴は誰だったの？」

「きみが悲鳴を上げてたじゃないか」

ジュードはあえぎあえぎ答えた。ティッシュは血で真っ赤に染まっていた。

「なんですって！」

「僕が部屋に入ってきたら」

ジュードは口をティッシュで押さえながらブルックリン訛りで訴えた。

「きみが眠ったまま悲鳴を上げだしたので、目を覚ませてやろうと、肩をゆすってやったんだ」

わたしは思わず両手で自分の口をふさいだ。

「ご、ごめんなさい」

そして女の悲鳴――あんなに現実的だったのに、自分の声だったとは。

ジュードは自分の口をふさいでいた手をそろそろと外した。真っ赤に染まったティッシュの中に白い塊が落ちていた。それが何なのか、ジュードの顔を見てすぐに分かった。

彼の前歯が一本欠けていた。

「オー　マイ　ゴッド！」

ジュードの鼻からも、口からも、まだ鮮血が滴っていた。

「いやあ、これは予期せぬ〝おかえりなさい〟だな」

「ごめんなさい」

涙が喉の奥からこみ上げてくるが、タクシーの中なので我慢した。

「ジュード？」

彼は答えずに、タクシーの窓からロンドンの暗い空が白みがかるのを眺めていた。

救急病院での処置に二時間かかったが、救急処置室が行ったのは、唇の裂け目を縫い合わせただけで、あとは救急歯科に回され、そこで抜け落ちた歯を元の位置にはめ込まれて終了だった。うまく根付けば再生するだろうとのこと。彼が痛そうに顔をしかめるたびにわたしは後悔で胸が締め付けられた。

「ごめんなさい！」

同じ言葉だが、今まで以上に絶望的に言った。

「何と言って謝ればいいのか……」

「いや、謝りたいのは僕のほうだ」

「あなたが何を謝る必要があるの？」

「きみのそばに居てやれなかったから、こんな事になったんだ」

「強盗の事ね？」

彼はうなずいた。

「留守にするのが長すぎた」

わたしは思わず顔を近づけた。彼は手を伸ばしてわたしを抱いた。彼の肩に顔を置くと、落ち着いた心音が聞こえた。わたしのパニックがかった鼓動とは何という違い。彼はジャケットの下に血の飛び散ったTシャツを着ていた。その生地の柔らかいこと。彼の汗のにおいを嗅ぎながら、いつのまにかわたしの鼓動は彼の鼓動と共鳴していた。

「あなたが居てもどうにもならなかったわ」

「それでも、きみと一緒に居てやるべきだった」

タクシーを降りたときは外はだいぶ明るくなっていた。時計を見ると六時になっていた。大変！　ハール行きの列車に乗るまでにあと数時間しかない。

部屋に入るとすぐジュードが服を脱ぎ始め、二人は肌と肌を引き合ってベッドに倒れ込んだ。

ジュードは目を閉じ、わたしの髪の毛に顔をうずめて香りを嗅いだ。わたしはとても疲れていたのでまともに考えられなかったが、眠気に負ける前に彼の上になり、首から腹部へさらにその下へとキスしていった。

「ああ、ロー」

彼はうめき、わたしを引き寄せてキスしようとした。

「だめ、口じゃなくて、あおむけになって」

あおむけになった彼の裸の上に、カーテン越しに入ってきた光の筋が投影されていた。

二人がこれをしたのは八日も前だ。今しなかったら一週間も待たなければならない。

終わってからわたしは、彼の腕の中で自分の呼吸が静まるのを待った。微笑んでいる彼の頬がわたしの頬を撫でた。

「このほうがそれらしい」

「それらしいって、何らしいの?」

「我が家に戻ってきた期待通りの感じ」

二人はしばらくじっとしていた。彼が寝入ったのかと思い、わたしも目を閉じ疲れに身を任せた。そのとき、彼の胸があがり、腕の筋肉が固くなるのが分かった。彼はため息をついてから言った。

「ねえ、ロー。この前の話だけど……」

彼は最後まで言わなかったが、二人とも話の筋は分かっていた。一度彼がニューヨークで持ちかけた話の続きだ。彼としては一緒にニューヨークへ引っ越したがっていた。

「ちょっと考えさせてちょうだい」

わたしは答えたが、まるで自分の声になっていなかった。

「一ヶ月前も同じ事を言ってたじゃないか」

「まだ考えてるのよ」

「僕はもう決心したんだ」

彼はわたしの顎をつまみ、優しく自分の顔に引き寄せた。わたしは思わずその場で同意しそうになり、彼の肩に腕を回した。しかし彼はその腕を取って言った。

「ロー、この件、おじゃんにしないでくれ。僕もずいぶんしつこいけど、本気なんだ。でも、もしかしたら結局は僕たち肌が合わないのかと心配になってね……」

いつもの希望と恐怖が入り混じった優柔不断な気持ちがわたしの中で頭をもたげた。

「肌が合わないって？」

わたしの笑みは作り笑いっぽかった。

「もしかしたら、テレビの〝カップルの揉め事ショー〟見すぎてない？」

わたしの言ったことを気にしてか、彼は顔を背けてしまった。

「ジュード……」

「ノー、僕は話したかったけど、きみがね、話したくなさそうなのでこの話はもうよそう。もう朝だし、僕も疲れてるし、ひと寝入りしよう」

「ねえ、ジュード」

自分の態度に後悔しながら、混乱する口調でもう一度呼びかけた。

「ぼくは〝ノー〟って断ったんだ」

彼は向こうを向いたまま答えた。わたしは自分たちの話だと思ったが彼は続けた。

「ニューヨークの仕事を断ったんだ。きみと一緒に居たかったから」

第4章 心残りの別れ

まるで薬でも飲まされたかのようにわたしは爆睡していた。目覚ましのベルの音がうるさくて目を覚ましたが、ずいぶん前から鳴っていたらしい。でも、頭はずきんずきんと痛んで、手を伸ばすのは億劫だった。しかし、ジュードを起こしてはいけないと思って、目覚ましを止めた。

目をこすって眠気を覚まし、首と肩の凝りをほぐそうとストレッチした。それから、ベッドから下り、キッチンへ行き、コーヒーをいれている間に自分用のピルを口に放り込んだ。さらに、頭痛薬を探してコーヒーと一緒に飲み込んだ。コーヒーの残りをゆっくり飲みながら昨日の夜の自分の愚かな行為と一緒に、ジュードがニューヨークでのオファーを断った話を思い出した。

驚き以上にわたしにはショックな話だった。彼は米国に友人が大勢いるし、母親も弟もいる。そんな絶好のチャンスをなぜ断ったんだろう？　わたしのため？

コーヒーが半カップ分ジャグに残っていたので、それをマグカップに注いでそろそろとベッドルームに持っていった。ジュードがマットレスの上で、まるでそこに落下したように体をひん曲げて寝込んでいた。包帯を巻かれた口、角ばった鼻、しわを寄せた額……まるで飛んでいたところを猟師に打ち落とされた鷹のようだった。

わたしはサイドテーブルにカップをそっと置き、彼の隣の枕に頭を寄せて横になった。そして、後ろから彼の首にそっとキスした。彼の首は温かくてとてもソフトだった。ジュードが身をよじって目を開けたので、わたしは小さな声で呼びかけた。

「ヘイ、ジュード」

「ヘイ……」

彼は身をかがめてこちらを向き、わたしを自分のほうに引き寄せた。わたしは船旅のこと、列車やハール駅で待機しているタクシーのことを考え、止めようと思ったがそれはほんの一瞬の迷いで、彼の腕の中に入ると、プラスチックのようにめろめろにとろけ、彼の温かい胸の中で身を丸めた。二人はしばらくの間お互いを見つめあった。わたしは手を伸ばして彼の唇をちょっとめくった。

「歯は根付くかしら?」

「さあ、どうかな? 根付いてほしいね。月曜日にはモスクワへ出張だから、現地で歯医者を探すなんてことしたくないからね」

わたしは何も言わなかった。彼は身をさらに寄せ、手のひらをわたしの乳房にかぶせてきた。

「ジュード……」

わたしの声には拒絶と欲望の両方が混じっていた。

「どうしたんだい」

「わたし、行かなくちゃ」

「行けば……」

「やめて! そんな言い方」

「じゃあ言い方を変えればいいんだな」

彼は苦笑いした。わたしは顔を上げて首を振ると、頬が痛んでアッと言いそうになった。

彼はそれに気づいた。

「頬の具合はどうだ?」

「ええ、だいぶ良くなったわ」

わたしは頬に手を当てた。痛みは前よりましになったが、まだ腫れていた。彼がわたしの頬を撫でようとした時、わたしは心ならずも顔を引っ込めた。

「僕が居てやればよかったんだ」

「それはどうかしら? 居なくて、かえって良かったのかも」

「どうしてだい?」

彼は膝枕をしてわたしを見下ろした。その優しそうな顔には枕の跡がついていた。

「僕が一緒に居たら……」

「ちゃんと聞いてね」

わたしは心ならずも話題をすり替えていると自覚しながら口が止まらなかった。

「わたしにどういう未来があるの、ジュード? わたしがここに引っ越してきたとして、どんな生活が待ってるの? 編み物でもして、暖炉に火をともして昔風のよき妻を演じろっていうの? その間あなたはロシアのバーでどこかの特派員とスコッチを酌み交わしているわけ？」

「どうしてそんな理屈になるんだい？」

わたしは首を振り、脚をスイングさせてベッドを下り、床に脱ぎ捨てたままの服を羽織っていて身につけた。

「わたしは疲れているの、ジュード。ただそれだけ」

疲れたというのはむしろ控えめな表現で、この三日間で二時間も眠っていないのだから、このままいったらわたしはどうなってしまうのだろう？　特にジュードと二人だけになってしまったら？

「わたしは家庭に縛られている女にはなりたくないの。出産後のうつ病も心配だし……男性はいいわよね。好きなところで憂さ晴らしができるから」

「最近の事件を見ると、夫は外にいるときよりも家の中にいるときのほうが被害者になりやすいらしい」

ジュードはそう言うと、わたしにウィンクした。

「ごめん、変なこと言って」

わたしはまだ湿っているコートを羽織り、バッグを取り上げた。

「バイ、ジュード」

「バイ？　バイってどういう意味だい？」

「お好きなように受け止めてちょうだい」

「ドラマを演じるようなまねはやめてほしい。僕はきみを愛しているんだから、ロー」

〝愛している〟の一言が平手打ちに等しかった。何かが首からぶら下がっているような気の重みを感じながら、わたしは足を止めた。

「ロー……」

ジュードは言いづらそうだった。

「わたしは上手くできないのよ」

わたしの顔は廊下のほうを向いていた。自分が何を言っているかも分からなくなっていた。行きたくもないし、留まりたくもなかった。この会話も、今ある全てが面倒になっていた。

「行かなくちゃ」

「仕事の件だけど……」

ジュードの声に苛立ちの調子が混じってきた。

「僕は仕事のオファーを断ったけど、それは間違いだときみは言いたいのかい？」

「そうしろってわたしが頼んだわけじゃないわ」

わたしは続けたが、声は震えていた。

「断ってなんて言ってないんだから。変な言いがかりつけないで」

わたしはバッグを肩に担いで玄関に向かった。

彼は何にも言わなかったし、わたしを止めようともしなかった。わたしは酔っ払いのような足取りで彼のアパートの敷居をまたいだ。

心ならずも言ってしまったこと、やってしまったことが気になりだしたのは、地下鉄に乗ってからだった。

第5章　出帆

豪華客船オーロラ号のオーナー、リチャード・バルマー男爵
男爵の妻、巨億の富の相続人アンネ
客室乗務員長、カミラ・リッドマン
客室乗務員、カミラの同僚のジョセフ、カーラ

わたしは港が好きだ。タールや海風のにおい。かもめの鳴き声。などなど、港の全てに心が和む。学生時代、夏休みにフェリーに乗ってフランスへ渡ったものだが、最後にフェリーに乗ってからもう何年経つだろう？　港には空港にはない自由な雰囲気がある。空港だとセキュリティーチェックだの出発や到着の遅れだの、何かと緊張が漂っているが、港にはそんなものはなく、全く別の雰囲気がある。それを強いて言葉にして言えば、〝脱出〟

だろう。

列車に乗っている間はジュードのことは考えないようにした。その代わりに、これからする船旅についての情報を頭に入れることに専念した。

豪華客船オーロラ号のオーナーであるリチャード・バルマー男爵は、わたしより二、三歳年上に過ぎないのに、その個人資産の大きさは、世の中不公平すぎるとわたしに思わせるほど莫大である。所有する会社の数を知っただけでも涙が出る。その一つ一つが彼の出世と蓄財への一里塚なのだから。スマートフォンでウィキペディアを検索してみると、日焼けした黒髪のハンサムな男性が、二十代後半とおぼしき目を見張るような金髪の女性と腕組みしている写真があらわれる。写真説明には、女性は億万長者の相続人アンネ・リングスタット、スタバンガーの結婚式にて、とある。

貴族の称号はリチャード・バルマーに先祖から与えられたものだが、それとともに資産も楽して相続したように思われがちだが、ウィキペディアによると決してそうではなかったらしい。若いときは何の苦労もなかったようで、プレップスクールからイートン校、そしてオックスフォード大学のベリオールカレッジへ進んだが、大学一年生のときに父親が死に——母親のことははっきりせず——その際に資産のほとんどが税金と借金返済でなくなり、十九歳の青年が一人、家も失い放り出されることになった。

そんな状況の中で彼がオックスフォード大学の学位を得ることができたのは偉いと言うしかない。というのも、三年生のときにネットで株の取引を行う会社を立ち上げ、それが一連の成功の皮切りになったからだ。成功の頂点で打ち出したのが、客室が十室しかない小型の豪華客船をスカンジナビアの海岸線に周航させるというものだった。夢の結婚披露パーティーや、企業の特別客の招待、一般客の一生に一度の思い出旅行など、よだれの出そうな企画をいろいろ発表している。

わたしは北へ向かう列車の中でプレス用の資料を読み漁り、目的地に着く前に客室の配置図にも目を通した。

より広いスイートが四つ、船頭に配置され、そこから離れた船尾には六つの少し小さめなスイートが馬蹄形に配置されている。中央の廊下を挟んで両側の部屋に偶数奇数の番号がしるされている。第1客室は船頭の突端にあり、第9客室と第10客室は船の曲線に沿って隣り合っている。広さを示す表示はなかった。

わたしは以前、英仏海峡横断フェリーに乗ったとき、窓のない部屋に押し込まれ、閉所恐怖症になったことを思い出して顔をしかめた。五日間もあんな目にはあいたくなかった。しかしこの船に限ってはそんなはずはないだろう。

部屋の写真を確かめたくてもう一度ページをめくったが、出てきたのは白いテーブルクロスの上に所狭しと並べられた、おいしそうなスカンジナビアケーキの山だった。

ジュードとドアロで別れたときの、傷口に包帯を巻いた痛々しい顔が思い出されて胸が痛んだ。あの時二人の内側に何が起きたのか自分でも釈然としなかった。あれは、わたしたち二人の別れだったのか？　わたしは彼を捨てたのか？　二人が交わした会話の内容を思い返すたびに、あの時はこう言えばよかった、彼があぁ言うからわたしはこんな風に言い返してしまった、と自己弁護に終始してしまう。結局疲れた頭の中で結論したのは、彼との関係は大丈夫だろう、という漠然とした自信だった。ニューヨークでの仕事のオファーを断ってくれなどとわたしは頼んだ覚えはないのだから、そのことで恩に着せられるのも困る、と。


駅から港までの三十分間、きゅうくつな車の中で仮眠をとった。運転手の元気な声で目を覚まし、わたしはまぶしい日差しと塩まじりの海風の中に、よろよろと踏み出した。頭がボーッとしていた。

タクシーは船のタラップの真下で降ろしてくれたが、わたしは船を一瞥して場所を間違えたのではと思った。確かに、パンフレットの写真で見たように大きなガラス窓がぴかぴかに磨かれ、太陽を鏡のように映している。真っ白に塗られた船体は今日の朝仕上がったばかりのようにいかにも真新しい。しかし、その船全体の大きさが期待はずれだった。

正直な印象は豪華客船というよりは大型のヨットに近い。船の外装内装に〝手作り〟という言葉が盛んに使われていたが、オーロラ号を目の当たりにして、こういう意味かとようやく理解できた。

図書室や日焼けルームやサウナ、カクテルラウンジなどを備えているとパンフレットにはあるが、それら全てがこのこぢんまりした船の中にあるとはとても思えないし、十人程度の乗客に必要な設備だとも思えない。そのサイズひとつとってみても、塗装の完璧さがかえっておもちゃの仕上げを思わせる。

せまい鋼鉄のタラップに足をのせたとき、わたしはオーロラ号が瓶の中の「ボトルシップ」のように感じられ、わたし自身も、それにあわせるように船に一歩一歩近づくにつれてどんどん縮んでいくように感じた。望遠鏡を反対側から覗いているような不思議な気分だった。精神錯乱時の、めまいのようでもあった。

タラップはわたしの足元で揺れ、下を見ると、油のような底の見えない海面が右に左に揺れている。

わたしは一瞬、自分が落下しているような錯覚を覚えた。冷たいタラップを握る手に思わず力をこめた。

と、その時だった。頭上から女性の声が聞こえた。

「すばらしい香りじゃありません?」

わたしは目をぱちくりさせた。船の入り口に客室乗務員が一人立っていた。彼女は明るく元気で、髪は白髪に近いブロンドで、肌はくるみのように日焼けしていた。彼女はわたしを、久しぶりに会う金持ちの親戚のように、満面の笑みで迎えた。わたしは一呼吸してから足に力をこめて、残りのステップを上りきり、オーロラ号の甲板に立った。

「ウェルカム、ブラックロックさま!」

客室乗務員の英語は区切り方が変で、どこの出身かよく分からなかったが、わたしに出会ったことが宝くじに当たるくらいの幸運だと言わんばかりの身振りでわたしを歓迎していた。

船内に入るドアを開けると、曲線を描く下り階段が見えた。オーロラ号の内装はギョッとするほど豪華だった。船そのものは小さくとも、同じサイズの客船の十倍の予算は使われていそうだ。

巨大なシャンデリアが天井からぶら下がり、ロビーへ続く階段全体を照らしている。その下に並ぶ小さな明かりの列は、波に反射する夏の太陽光を思わせる。キラキラする光でわたしはめまいがした。それが寝不足と重なって気持ち悪くなった。

わたしがぽかんと口を開けているのを見たのか、客室乗務員はわたしに向かってにっこりした。

「あのシャンデリアにはスワロフスキー製のクリスタルガラスが二千個もぶら下がっているんですよ」

自慢げな解説にわたしはただ感心するしかなかった。

「へえ⁉︎」

床から天井まで、船内の全てが〝まばゆい〟という言葉がぴったりだった。

「わたしたちはオーロラ号をとても誇りにしています」

客室乗務員は温かみのある声で続けた。

「わたしの名はカミラ・リッドマンで、船全体のおもてなしの責任者です。わたしの事務室はこの下のフロアにありますから、何かあったら遠慮なくお申し付けください。わたしの同僚のジョセフが……」

と言って彼女は横でニコニコしている金髪の青年に目を向けた。

「……船内の設備をご案内します。夕食は二十時ですが、十九時にリンドグレーン・ラウンジがオープンしますから、そちらにお越しいただければ、船の設備と施設についての説明会があります――ああっ、レドラーさま――」

背の高い四十代とおぼしき色黒の男がタラップを昇ってきた。彼のすぐ後でポーターが重そうな荷物と格闘していた。

「気をつけろ!」

ポーターが荷物をタラップの角にぶつけてしまうと、レドラーと呼ばれる男はあからさまに嫌な顔をした。

「そのケースの中には壊れやすい機材が入っているんだ」

「レドラーさま!」

おもてなし責任者のカミラが呼びかけた。わたしに呼びかけたときと同じ甘い口調だ。

「歓迎のしるしにシャンパンを用意しています。一杯いかがですか、ミセス・レドラーとご一緒に……」

「いや、ワイフは今回は来ないっ」

レドラー氏は頭髪をかき上げ、シャンデリアを眺め、「へえっ」とため息を吐いた。

「それは残念です、レドラーさま」

客室乗務員のカミラは皺のない額に皺を寄せて言った。

「奥様はお元気なんですね?」

「ああ、元気も元気。俺の親友と寝てるぐらいだからね」

レドラー氏は苦笑いしてシャンパングラスを受け取った。カミラは目をぱちくりさせてから、何事もなかったかのように、近くにいた同僚のジョセフに呼びかけた。

「ジョセフ、ブラックロックさまを客室にお連れして！」

ジョセフはわたしに頭をぺこんと下げてから、階段を指し示した。

「では、どうぞこちらに」

わたしはうなずき、シャンパングラスを握ったままジョセフの後に続いた。

「……わたしの執務室は下のフロアにありますから、何かご要望の際は……」

背後からカミラの説明が聞こえていた。

分厚いじゅうたんの敷かれた階段を降りながらジョセフは説明した。

「第9客室、リンネ・スイートがあなたの客室です。全ての客室にはスカンジナビア出身の科学者の名前が冠されています」

「じゃ、ノーベル・スイートは誰にあてがわれるの？」

「この航海に限ってですが、今回はこのオーロラ号のオーナーであるバルマー男爵夫妻がご使用になります」

ジョセフは長い階段を降りながらつづけた。

「客室は全部で十室あります。船首のほうに四室、船尾に六室です。部屋は全てスイートで、それぞれに専用のベランダがついています」

全ての客室に専用のベランダがある客船なんて他にあるだろうか。もっとも、客室同士がベランダでつながっているとしたらそれも変だが。

「するとここが客用のメインデッキなんですね」

「はい、このデッキはお客様専用のデッキです。この上のデッキにはレストランやラウンジ、図書室などの共用施設があります。それらには、スカンジナビア出身の作家の名前が付けられています。リンドグレーン・ラウンジとか、ヤンソン・ダイニングルームといった具合です」

「ヤンソン？」

「トーベです」

と彼は補足した。

「ああ、ムーミンのね」

わたしの頭痛はまだつづいていた。二人は第9客室の〝リンネ・スイート〟と表記された木製ドアの前まで来た。ジョセフはドアを押し開け、自分は後に下がり、わたしを先に中に入らせた。

第9客室の中は、大げさではなく、わたしの半地下のフラットに比べて七倍か八倍は素敵で、広さも十分すぎるくらいだった。大きな鏡のついたクローゼットが右側にあり、部屋の中央にはソファが、壁際には化粧台が置かれ、特大のベッドには白い布が一本の皺もなく敷かれていた。

一番強く印象付けられたのは部屋の広さではなく——広さも印象的だったが——照明だった。明りに工夫を凝らした廊下から部屋に入ると、中はベランダから入ってくる太陽の光で目がくらむほど明るかった。真っ白なカーテンが風で揺れるのを見て、ベランダのドアが開いているのが分かった。わたしはほっとして胸の緊張が和らぐのを覚えた。

「ドアには全て内側から鍵がかけられます」

背後からジョセフが説明した。

「しかし、悪天候の際は自動的にロックが解除されます」

「それはすごい」

と言ったものの、わたしが一番してほしいのはジョセフが早くいなくなってくれることだった。

〈そしたら、ベッドに顔をうずめて忘却の世界に浸れるのに〉

忘却どころかわたしは突っ立ったまま、あくびをこらえていた。ジョセフの説明はバスルームの機能にも及んでいた。冷蔵庫の氷は毎日二回補充されるが、ジョセフか同僚のカーラに用命すればいつでもサービスするとのこと。あくびがいよいよ我慢できなくなったところで、ジョセフはようやく頭をぺこんと下げ、「では失礼します」と言ってわたしを一人にしてくれた。

こんなのどうってことない、なんて強がりを言うのはやせ我慢というもの。最も感心させられたものの一つが巨大なベッドだ。早く横になって寝ろと叫んでいるように見える。しかし、その言葉に甘えたら三十時間でも四十時間でも寝てしまいそうだ。

今のわたしに何よりも必要なのは睡眠だ。だが、今寝るわけにはいかない。起きられなかったら八時の夕食、その前の説明会を欠席することになる。乗船最初の夜は特に重要だ。みんなと知り合う絶好の機会だし、それを逃したらこれから色々なことで後れをとることになる。

ベッドに横になる代わりに、あくびをひとつしてからベランダに出た。海の新鮮な空気を吸えば目が覚めるだろうと思ったからだ。

部屋専用のベランダは、これ以上は無いと思えるぐらい素敵だった。柵は透明なガラス盤でできているから、室内にいてもベランダのドアを開けておけば、海の真っ只中にいるような爽快感が得られる。また、ベランダにはデッキチェアが二脚と、小テーブルが置かれている。北欧の白夜も、街の明るい夜景も、ここに座れば独り占めできるというもの。

船が青と赤信号をくぐりながらゆっくり進む中、わたしは舳先に立って街や海を眺めた。防波堤を過ぎて北海に入ると、舷側にひたひたと当たっていたさざ波が、深い海特有のうねりに取って代わった。それにつれて、船の揺れ方も変わった。ハールの街のビル群はゆっくり地平線のでこぼこに変わり、やがて消えていった。

水平線を眺めながらわたしはジュードのことを想っていた。やり残したことや、言い残したことがいっぱいあった。

ポケットに携帯の重みが感じられた。英国の受信圏内から出る前に、ジュードからメールが来ていないかチェックするために、携帯を取り出して受信ボックスを開いてみた。

〈グッバイかな、グッドラックかな、ボンボヤージュかな？〉

しかし、何も入っていなかった。英国の海岸線が視界から消えると、聞こえるのは船に当たる波の音だけになった。

差出人：ジュード・ルイス
受信者：ローラ・ブラックロック

日付：九月二十二日（火）
タイトル：大丈夫か

ヘイ、ハニー、日曜日にきみからEメールが来て以来心配している。お互いのメールが行き違っているのかな。僕がきみに送った返事は読んでくれた？

本当に心配している。僕がその辺をほっつきまわって独り身を楽しんでいるなんて思わないでくれ。きみがいなくて寂しい。いつもきみのことを思っている。アイラブユー。

僕の傷のことは心配しなくていい。歯は根付いたと歯医者も言っている。僕はウォッカで回復に努めている。

航海の様子を教えてくれ。

もし忙しいなら、オーケーの一言でもメールしてもらいたい。ラブユー。

差出人：ローアン・ロンズデール編集長
受信者：ローラ・ブラックロック編集員
CC：ジェニファー・ウェスト副編集長

日付：九月二十三日水曜日
タイトル：現状報告

ロー、二日前にわたしが送ったEメールに返事をちょうだい。航海の様子を知りたいの。ジェニファーが、あなたからの連絡がないとこぼしてる。明日には何らかの連絡があると期待している。タイトルだけでもいいから。

今どの辺にいるのか至急ジェニファーに知らせてほしい。わたしにはCCでいいから。

ローアン

PART TWO

第6章

第10客室の女

　金持ちになるとシャワーも普通じゃなくなるらしい。スイッチを入れると湯の雨が四方八方から降り注ぎ、わたしの裸を撫でていく。雨がどこから出ているか分からないが、確実にわたしの体を狙い撃ちしている。わたしはまず髪の毛をシャンプーしてから脚の毛を剃り、湯の雨を浴びながら、海と、空と、そこを舞うカモメを眺めた。バスルームのドアを開け放っておくと、ベッドやベランダ越しに海が見えるからだ。この部屋はひと航海八千ドルとのことだが、その価値はある。平編集員のわたしのサラリーに比べると、八千ドルは少々高すぎるが、ローアン編集長にとっても高すぎるのでは。なのに、無料でこの航海を楽しめるのだから、わたしは〝ラッキー！〟としか言いようがない。いったい何ヶ月働けばオーロラ号ひと航海分の費用が払えるのか。ぼんやり計算していたときだった。波の音に混ざって何か音が聞こえた。音源がどこか分からなかったが、わたしの部屋のほうから聞こえた気がした。胸がどきどきしてきたが、わたしは呼吸を平静に保ち、目を開けてシャワーを止めるスイッチはどこかと探した。と、そのとき見えたのは、シャワー室のドアがこちらに向かって閉まってくる動きだった。誰かが外側から押したような閉まり方だった。

高級素材のがっしり作られたドアが固く閉まってしまった。わたしは真っ暗闇の中でシャワーを浴びっぱなしの状態に置かれた。いよいよ胸がどきどきして、船のエンジン音以上に自分の心音が聞こえる始末だった。

ファック！　ファック！　部屋の鍵をきちんと掛けておくべきだった。ダブルチェックしておくべきだった。バスルームの壁がわたしに迫ってくるような、暗闇がわたしを飲み込んでしまうような、わたしはいつものパニック発作に襲われそうだった。

〈パニックになっちゃだめ〉

わたしは自分に言い聞かせた。誰もわたしを傷つけないし、侵入してくるものなど、ここには居ないのだ。きっと、ベッドを作りにきたメイドがいつもの作業の癖でドアを閉めたか、船の揺れで自然に閉まったかだ。

〈パニックになるのはよしなさい〉

わたしは自分に対して命令しつづけた。降ってくる雨粒は氷のように冷たくなったり、我慢できなくなるほど熱くなったりしていた。わたしは叫び、よろめき、壁にひざをぶつけ、ようやくシャワーのスイッチにたどり着いた。シャワー室全体がまぶしい光にあふれた。まず雨を止めてから、照明のスイッチにたどり着いた。シャワーのスイッチを探り当てることができた。わたしは鏡に映る自分を見た――青ざめた顔、濡れた髪が頭皮にへばりつき、まるで映画『リング』の女のようだった――クソ！

わたしはいつもこうなるわけ?! パニックになって夜中に街中をふらつき、結局帰れなくなって、主のいないボーイフレンドの家に泊まることになったわたしをいつまでも繰り返すわけ？

ドアの内側にかかっていたバスローブを手早く羽織り、ため息をついてぶるっと震えた。こんな自分から早く脱却しよう！

〈パニックになるな！〉

わたしは厳しく自分に言い聞かせた。

バスルームから出たが、部屋には誰もいなかった。空っぽだった。玄関のドアには二重ロックが掛けられ、内鍵のチェーンさえ掛かっていた。誰も入ってこなかったのは火を見るよりも明らかだった。たぶん誰かが廊下を歩く音を聞いたのだろう。ドアが閉まったのは船の揺れとドア自体の重みで自然に閉まったに違いない。ドアから差し込む明かりを頼りに、照明もつけずにシャワーを浴びたりしたのがいけなかった。そこまで考えると、心臓の鼓動もおさまってきて、思考も普通に戻った。

ジュードの胸に顔をうずめることを想像してみた。たちまち涙があふれてきてしまい、今にも大泣きしそうだった。でも、わたしは歯を食いしばってこらえた。ジュードはこの件の解決策ではないのだ。問題は、わたし自身の弱さとパニック発作という心の病にあるのだ。

〈何事も無かったんだ。何事も無かったんだ〉

わたしは自分を安心させるために同じ言葉を繰り返した。

〈何事も無かったんだ。今も、あの時も。誰もわたしを傷つけたりしない〉

これでオーケー。

ああ飲みたい。飲んで憂さを晴らしたい。

ミニバーの中にはトニックだの、氷だの、ジン、ウイスキー、ウォッカだの、何でも揃っていた。わたしは氷をタンブラーにいれ、ミニチュアボトルを二本開け、それにトニックウォーターを加えて一気に飲み干した。ジンは強すぎてのどが詰まったが、アルコールの温かさに全身の細胞が目覚め、血管がたちまち元気になった。

頭と足がふらふらする中、わたしは立ち上がり、バッグから携帯を取り出した。英国の受信圏外であることは明らかだが、Wi-Fiがあったので、Eメールをタップして、爪を噛みながら反応を待った。Eメールが一つ、また一つと受信ボックスに入ってきた。それを見ながら緊張が高まった。ジュードからのメールを期待して待つ自分がそこにいた。しかし、ジュードのメールは無かった。肩がどっと重くなった。急ぎの何件かにその場で返事を出し、後は未読のマークをつけて新規作成に移った。

〝ディア、ジュード〟と書き出したが、その後の言葉が続かなかった。彼は今ごろどこで何をしているのだろう？　バッグに荷物を詰め込んでいる？　エコノミークラスの座席に座っている？　それとも、名もないホテルの一室で、わたしを想い、ツイートしている？

彼の顔に重い電気スタンドを叩きつけたシーンが頭をよぎる。わたしって何を考えていたんだろう？　何も考えていなかった、と自分を弁護した。

〈まだ半分眠っていて、あれはわたしのせいではない、事故だったんだ〉

〝ディア、ジュード、愛している。あなたがいないと寂しい。ごめんなさい――〟そこまで書いてメールを消し、別のメールを書いた。

差出人：ローラ・ブラックロック
受信者：パメラ・クルー
日付：九月二十日（日）
タイトル：近況について

〝ハーイ、お母さん。無事航海を続けています。本当に最高。お母さんにも勧めたい。念のため、デライラのカゴはテーブルの上に、エサはシンクの下にありますからね、よろしく。新しい鍵は隣のジョンソン夫人に預けてあります。たくさんの愛を。サンキュー、ロー〟

わたしは送信ボタンを押し、フェイスブックを開き、親友のリッシーにメッセージを送った。

〝船はめちゃ素敵。客室のミニバーには使用無制限のボトルが入っていて……悪いけど、部屋も超大きくて、わたしの収入にも内蔵にもふさわしくないけど……またゆっくり会いましょう。ロー〟

わたしはジンをもう一杯飲んでから、ジュードへのEメールに戻った。何か書かずにはいられなかった。彼のアパートを出たときのままにしておけなかった。あのときを思い出して書き始めた。

〝ディア、ジュード、ごめんなさい。出発したときのわたしはどうかしていた。一方的なことばかり言って、反省しています。アイラブユー――〟

涙が画面に落ちたので書くのをやめ、二回深呼吸してから目をぬぐった。

〝モスクワについたらメールをちょうだい。ではご無事で〟

そのあと、あまり期待せずに受信ボックスを改めて見たが、新しいものはなかった。わたしはため息をつき、ジンをもう一杯飲んでからベッドサイドの時計を見ると、十八時三十分になっていた。最初の集合まであと三十分しかない。

ローアン編集長はダイニングの際の服装は〝フォーマル〟だから、同じものを二回着なくて済むよう、少なくとも七着用意するようにアドバイスしていた。しかしその費用については何も申し出がなかったので、わたしは三着借りてきた。言われなかったら一着も用意していなかったかもしれない。

化粧を始めたとき、マスカラがないのに気づいたわたしは、最後に見たのはどこだっけ、と自信が無いままハンドバッグの底を探してみたが、なかった。いつも使っているわけではないが、わたしのくすんだ色の目にはマスカラをしないと化粧が中途半端に見えてしまう。あわてていたので、液体のアイライナーで代用しようかとも思ったが、もう一度確かめたくてバッグの中身を全てベッドの上にぶちまけてみた。が、やはりなかったので、小物類をもう一度バッグに戻すという面倒なことをしていたとき、隣の客室から誰かがいる音が聞こえてきた。トイレを流す音らしかった。音は、船のエンジン音に消されることなく、ちゃんと聞こえていた。

わたしはカードキーを手に、裸足のまま廊下に出た。右手の高級木材のドアには〝10、パルムグレン・スイート〟の表札がかかっていた。それを見て、スカンジナビア科学者も人材難なのかなと思いつつ、わたしはためらいがちにドアをノックした。応えはなかった。わたしはしばらく待った。部屋の主はシャワーを浴びているらしかった。次に三回ノックしてから、聞こえない場合のためと思って、一回強く叩いた。するとドアがばたんと開き、まるでその場で待機していたかのように、部屋の主がドアの向こう側に立っていた。

「何よ?」

怒っているような聞き方だった。わたしはその剣幕におされて、つい妙な聞き方をしてしまった。

「大丈夫ですか?」

部屋の主は完全に機嫌を損ねていた。

「あんた誰なの?!」

「隣の客室の者です」

わたしは当たり前に答えた。第10客室の女は若く、黒髪の美女で、ピンクフロイドの灰色のTシャツを着ていた。Tシャツには破れた穴があって、それがとても愛らしかった。

「わたしはローラ・ブラックロック。いきなりで失礼なんですが、マスカラを借りられないかと思ってお邪魔しました」

女の背後の化粧台にはチューブや小ビン類がたくさん並んでいて、彼女の顔にもマスカラの跡が見受けられた。どうやら狙いは外れていなさそうだった。

女は急に態度を改めた。

「あっ、そうなの？　ちょっと待って」

女はマスカラを手に戻ってくると、それをわたしの手に握らせた。

「ありがとう、助かるわ。すぐ返しますからね」

「あげるわよ」

女の言葉にわたしが逆らおうとすると、彼女は手を振って打ち消した。

「本当にわたしは要らないのよ」

「ちゃんとブラシも洗っときますよ」

わたしが言っても彼女はいらいらした様子で首を振った。

「要らないって言ってるでしょ」

「分かりました」

わたしはようやく納得した。

「では、いただきます」

「どうぞ」

女はそう言い終わらないうちに、わたしの目の前でドアをぴしゃりと閉めた。

わたしは妙な出会いに首をかしげながら、自分の部屋に戻った。この豪華客船の航海に参加したことそのものが、わたしには不思議の国に迷い込んだような気分なのに、あの女の不思議さはその上を行っている。誰かお金持ちの令嬢か？　たぶん夕食会でまた会うだろう。

借りたマスカラをつけ終わったとき、ドアがノックされた。さては第10客室の女が気を変えてマスカラを取りに来たのかなと思いつつ、わたしはドアを開けた。

「ヘイ！」

開けたドアを支えながらわたしは相手に呼びかけた。しかしそこに立っていたのは客室乗務員の制服を着た別の女性だった。眉毛が、太すぎるのか、両眉毛の上下の毛が手荒く抜かれて驚いているような表情になっている。

「ハロー」

客室乗務員は歌うようなスカンジナビアなまりで挨拶した。

「わたしの名前はカーラです。ジョセフと一緒にお客様のスイートのお世話をします。もうすぐプレゼンテーションが始まりますので、念のためにお邪魔しました」

「分かってますよ」

わたしはむしろ、ぶっきらぼうに答えた。

「十九時に〝長くつしたのピッピ〟の部屋でしょ？　確かそんな名前だったと思うけど」

「ああ、スカンジナビアの作家のことはよくご存知なんですね」

「でも科学者のことは本当はあまりよく知らないのよ。とにかくこれから行くところ」

　客室乗務員はにっこりして応えた。

「ワンダフル。会場ではバルマー男爵が皆様にご挨拶いたします」

　客室乗務員が帰ったあと、わたしはスーツケースをあさり、ドレスと一緒に持ってきた包みを探した――グレーの絹のショールで、それを羽織ると昔のブロンテ姉妹になったような気分になれる――わたしはそれを肩にかけた。

　ドアに鍵を掛け、カードキーをブラジャーの内側に忍ばせて廊下に出ると、わたしはリンドグレーン・ラウンジへ向かった。

第7章　集い

環境写真家のコール
ライバル誌の編集長、ティーナ
食の紀行家、アレクサンダー
冒険紀行家、アーチャー　他、

白、白、全てが白の世界で、床材は淡いベージュ色。ベルベットのソファに、絹の長大なカーテン。継ぎ目の無い壁。

普通の客船ではありえない贅沢な内装だが、この普通との差は意識して作られたとしか思えない。

巨大なスワロフスキー製の巨大なシャンデリアがさらにもう一台天井からぶら下がって

いた。わたしは圧倒されてつい見上げてしまった。そのクリスタルガラスが反射する光量も光り方も、五つ星ホテルのロビーや、クイーンエリザベス二世号のレセプションルームと張り合っているのか。しかし、こちらは全てにおいて規模が小さいので、見方によれば、中途半端なドールハウスのようにも見える。

　ピンクフロイドのTシャツを着ていたあの女性が来ていないか、わたしは会場を見回した。と、その時、すぐ後ろで明るい声が聞こえた。

「すばらしい！」

　振り向くと、そこには謎の人物、レドラー氏が立っていた。

「ええ、たしかに」

　応えるわたしに、握手の手を差し伸べてきた。

「コール・レドラー」

　聞き覚えのある名前だが、誰だったか思い出せなかった。

「ローラ・ブラックロックです」

　握手を終えたところで思い出した。ジーンズとTシャツ姿で、重そうな荷物とともにタラップを上っていたあの男性だ。親友のリッシーに言わせれば〝目の保養〟になる男である――そのリッシーが言っていた。〝男ってディナージャケットを着ると男前度が三十三パーセント上がるわよ〟って。——今夜のレドラー氏はそのディナージャケット姿だった。

「それで？」

と、レドラー氏は言いながら、別の客室乗務員が運んできたトレーからグラスを取り上げた。

「何のご縁でオーロラ号に乗船されたのかな、ミス・ブラックロック？」

「わたしのことはローと呼んで。わたしはジャーナリスト、ベロシティ誌で編集員をやっています」

「お会いできて嬉しい限りです、ロー。あなたも一杯いかがですか？」

レドラー氏は別のグラスを取り上げ、にっこりしてわたしに持たせてくれた。わたしの部屋の空っぽになったミニボトル群が脳裏をよぎった。胃袋にまだジンが残っている状態でシャンパンを体に受け入れたら、完全に酔っ払ってしまうと予想できた。だから断ろうとしたが、失礼に当たるのではと思い、一杯ぐらい追加しても問題は無いだろうと決断した。

「サンクス」

わたしはついに言ってしまった。グラスを渡されたとき指が触れ合ったが、わざとなのかどうか、どちらとも言えなかった。わたしは気を静めるために一気に飲み干した。

「あなたの場合はどうなんですか？　何のご縁でオーロラ号に？」

「わたしは環境写真家です」

そう言われて男の正体がすぐ分かった。

「コール・レドラー！」

わたしは思わず声に出して言った。ローアン編集長だったら、タラップで彼の姿に気づいたらずっと離れずに付きまとっていたに違いない。

「ガーディアン誌に載った〝溶ける氷河〟はあなたの作品？」

「その通りです」

レドラー氏は分かってもらえて素直に嬉しそうだった。

「わたしは、通り過ぎるフィヨルドの奇岩を記録に収めるために招かれてね」

「でも、そういうのって先生のご専門じゃないですよね？」

「確かに」

わたしが知ったふりをして持ちかけると、彼はうなずいた。

「写真家としてのわたしの信念は、レンズを通して絶滅危惧種を守ることと、地球温暖化などの環境破壊を告発することです。エサが十分ありすぎて、おかしなことになっている場合もあるからね」

会場内を見回してわたしはレドラー氏の意見に賛成せざるを得なかった。会場の隅のほうに男たちの人だかりができていて、彼ら全員のなんと太っていること。船が難破しても二、三週間は持ちそうだ。それに比べて女性たちのやせていること。全員が細身で、ホットヨガか自然食ダイエットでもやっているのか。船が沈没したら長く持ちそうにない者ばかりだ。

周囲を見回すと、他誌を代表するなじみの顔も何人かいた――骨と皮だけにやせた体躯に、いつも重い宝石類をぶら下げているティーナ・ウェスト。彼女はライバル誌、ベルニアン・タイムスの編集長だ。食の紀行家として知られるアレクサンダー・ベローム。彼はいくつかのテレビチャンネルや機内誌などに珍しい食事の記事などを書いている。危険地帯を旅行することで知られる冒険旅行家のアーチャー・フェンランはおそらく四十代なのに、その風雪に耐えた面構えで、ぐんと老けて見える。今回は慣れていないネクタイとディナージャケットを身に着けて窮屈そうだ。あんな人がなぜここにいるのか、わたしにはわからない。いつもの彼ならアマゾン流域でカブトムシの幼虫でも食べているだろうに。もしかしたらこの船旅で骨休みをしているのかもしれない。

しかしどこを探しても見当たらないのは、第10客室の女だ。

「おやおや！」

すぐ後ろで声がした。振り返ってみると、元彼のベン・ハワードがこちらを見て笑っていた。いったい、彼はここで何をしているのだろう？　流行のあごひげを生やし、こちらを向いてにこにこしている。わたしと一緒だったときはあんなひげは生やしていなかったのに。

「ベンじゃないの」

わたしは驚きを隠すために小さな声で応えた。

「どう、元気？　こちらコール・レドラーさん。ご存知かしら」

ベンとわたしは共にベロシティ誌で働いていたことがある。だが、彼は今――なんと言ったっけ、確かインディ・マガジンかタイムス誌で働いているはず。

「コールとおれとは前からの知り合いさ」

ベンは気軽な口調で応えた。

「一緒にグリーンピースの仕事もしたっけ。それで、最近はどうだい、コール？」

「まあまあだよ」

コールが答えると、男二人は中途半端なハグをした。ベンは一息ついてからわたしに向かって言った。

「元気よさそうじゃないか、ブラックロック」

頭の先からつま先までなめ回すように見つめる彼の目つきがいやらしいので、股間を蹴り上げてやりたかったが、忌々しいことに、わたしが着ていたドレスは股がきつく、それはできない相談だった。

「金網デスマッチでもしたのか」

彼が何を言っているのか一瞬分からなかったが、頬の傷を思い出し、それがまだ癒えてないのが分かった。

侵入した男にドアをぶつけられた記憶がよみがえる。背丈もベンと同じくらいで、同じように黒い目をしていた。あの場面を思い出すと、胸が苦しくなる。わたしはしばらくベンに何と答えていいのか分からず、彼をじっと見つめた。

「ごめん、ごめん」

ベンは腕をあげて言い訳した。

「このシャツの襟がきつすぎて——それにしても、きみがなぜこの船に？　ずいぶん出世したな」

「ローアン編集長が病気なのよ」

わたしは端的に答えた。

「コール！」

誰かが呼ぶ声が聞こえて皆がそちらを向いた。呼んだのはベルニアン・タイムスの編集長ティーナだった。彼女は白い樫材の床の上をしゃなりしゃなりと歩いてくる。その銀色のドレスがまるで蛇の皮のようにさらさらと音を立てるのが聞こえた。彼女はわたしとベンを無視してレドラーと両頬をすりあった。

「久しぶりね、スウィーティ」

ティーナの声はハスキーでセクシーだ。

「それで、うちの雑誌に約束してくれた撮影はいつ実行してくれるの?」

「やあ、ティーナ、久しぶりだな」

コールはちょっと逃げ腰の口調でティーナに反応した。

「あなたにリチャード男爵とラースを紹介するわ。ラースはいま景気がいいのよ」

彼女は猫なで声を発すると、コールの腕の内側に自分の腕をすべり込ませ、彼を強引に連れ去った。コールは一度後ろを振り向いて苦笑いしたものの、ティーナに引っ張られてその場を去っていった。コールの後姿を見送ったベンは、わたしを振り返り、完璧なタイミングでおどけて見せた。わたしは思わず噴き出してしまった。

「それで、きみの調子はどうなんだい?」

ベンは最前の話に戻った。

「まだアメリカさんと一緒なのか」

わたしはどう答えていいものか迷った。ジュードとの関係はすでに壊れてしまったかもしれないからだ。

「お互いなかなか会えなくて」

わたしは皮肉っぽく言った。

「それは残念だな。でも言うじゃないか、旅の恥はかき捨てって――」

「やめてよ、そんな話」

わたしはぴしゃりと断った。彼は腕を上げてなだめる仕草をした。

「怒るなよ。誘うのが男の役目なんだから」

怒るのが当然とわたしは思ったが、口に出しては言わなかった。代わりに、通りがかりのウェイトレスからもうひとグラス取り上げ、話題を変えたくて周囲を見回した。

「他にどんな人たちが乗船してるの？　あなたとわたし以外に、コールに、ティーナに、アーチャーがいたわ。ああそれに、アレクサンダー・ベロームも。あそこにいる一団は誰なの？」

ティーナが盛んに話しかけている小さなグループをあごで示した。男性が三人と女性が二人。女性のうち一人はわたしと同じ年代らしいが、わたしよりも五万ポンドは高いドレスを身に着けている。そしてもう一人……その女性は驚きだった。

「あれはバルマー男爵とその取り巻きさ。ご存知のように彼はこの船のオーナーだからね。会社の長でもあるし」

わたしはどれがバルマー男爵なのか、ウィキペディアで調べた顔を思い出しながら観察したが、なかなか見分けがつかなかった。だが、一人が身を反りかえして大笑いした。その時、それが彼だと分かった。

男は長身で、針金のようにやせていて、ぴったりフィットしたスーツはいかにもテイラー仕立らしい。すごく日焼けしているのは、外にいる時間が長いからだろう。笑うと青い目が線になる。こめかみにはグレーの毛が混じる。

「若く見える。あの若さで貴族というのは、われわれの世代から見るとむしろ奇妙だね。そう思わないかい?」

わたしがうなずくのを見てベンはつづけた。

「彼は男爵と呼ばれて通しているが、たしか伯爵の称号を持っているはずだ。現金の供給源は、言わずもがなの妻のアンネ。自動車メーカーのオーナー、リングスタッド家の相続人が彼女で、きみも知ってるだろ、あのメーカー?」

わたしはうなずいた。ビジネス知識の浅いわたしでもリングスタッド財閥のことはよく耳にする。ノルウェーに限らず、世界のどこかで災害があると必ず目にするトラックの側面や援助物資の袋にリングスタッドのロゴを見かける。忘れもしまい、つい去年のこと。新聞各紙を飾った一枚の写真。シリア人の母親が幼子を抱き上げて何かを訴えている。その背景にあったリングスタッドのトラック。

「あそこにいるのがその人?」

こちらに背を向けた、白い金髪のすらりとした女性を指差して言った。彼女は男の一人の発言に大笑いしていた。彼女が着ているシンプルなばら色の絹のドレスは衝撃的といえるほどシンプルだ。それに比べるとわたしのドレスは、子供用の古着箱をあさって見つけた着せ替えごっこのドレスのようだ。しかしベンは首を横に振った。

「いや、彼女はクロエ・ヤンセン、元モデルで、今はあそこにいる金髪の男、ラース・ヤンセンの奥さんさ。ラース・ヤンセンは経済界では大物で、スウェーデンの大きな投資グループを率いている。おそらくバルマー男爵は彼の投資を期待して航海に誘ったんじゃないかな。あの男の隣で頭からスカーフを被っているのがバルマー男爵夫人のアンネだよ」

驚きだった。そのグループの誰もが元気よさそうなのに、スカーフをかぶった彼女だけは覇気がなかった。彼女は日本の着物をイブニングドレスのように羽織っていた。目の色に合わせたのか、色はグレーだ。顔色が悪いのは遠目でもわかる。まるで蝋人形のようだ。他の者たちの血色がいいからそれが余計際立つ。わたしは思わず凝視しているのに気づいて目をそむけた。

「彼女はずっと病気なんだ」

ベンは言わなくてもいいことまで言った。

「乳がんのはずだ。相当進行しているらしい」

「彼女はいくつなの？」

「三十そこそこじゃないかな。とにかく、男爵よりは若いはずだ」

ベンがグラスを飲み干し、水を求めて振り返ったとき、わたしの視線は男爵夫人の上に戻った。オンラインの写真で見た夫人と同じ人物だとは百万年かかっても信じられないだろう。顔色が悪いせいか、それとも、だぶついた着物姿が変わって見えるからか。実際の年齢よりも老けて見える。自慢の金髪もスカーフで隠れて、全く別人のように見える。

彼女は今なぜここにいるんだろう？　病気なら家で休んでいたほうがいいのに。先が長くないのを悟って、自分の時間を楽しもうとしているのか。

わたしは視線を彼女から外してグループのほかの人物に向けた。まだ語られていない男が一人いた。背が高く、きれいに手入れした灰色の口ひげをたくわえた老人だ。

「あの広告の写真みたいな老人は誰なの？」

わたしが聞くと、ベンは振り向いて答えた。

「ああ、あれはオーエン・ホワイト。英国の投資家で、大物ではないが、そこそこの人物だ」

「ベン、あなたってなんでも知ってるのね。有名人百科事典でも研究していたの？」

ベンは信じられないと言いたげな目でわたしを見た。

「新聞社に電話して今日の招待者リストを教えてもらって、各自をグーグルで調べただけさ。俺はシャーロック・ホームズじゃないからね」

ファック！　ファック！　どうしてわたしもそうしなかったのだろう？　ジャーナリストならそのぐらいするのは常識では。

そのとき、バルマー男爵が広間の中央に向かって歩き出した。それを見て客室乗務員のカミラは持っていたグラスとスプーンを置き、一緒に前へ行き、男爵の紹介を買って出ようとした。それを男爵が手を振って制止した。

広間は敬意と期待で静まり返った。男爵はスピーチを始めた。

「みなさん。お忙しい中、オーロラ号の処女航海にご参加いただき、ありがとうございます――」

男爵の声には温かみがあり、階級を感じさせない話し方には好感が持てた。また、彼の青い目には人を惹きつけるものがあり、そこからなかなか目が離せなかった。

「わたしがリチャード・バルマーです。妻のアンネとともに皆様のご乗船を心から歓迎いたします。この船にわたしどもが求めたのは〝第二の我が家〟で——」

ベンが耳元でささやいた。

「あいつの家には海に面したベランダがあって、ミニボトルがいっぱい詰まったミニバーがあるんだろうな」

「わたしどもはお客様に我慢を強いるような旅行は望みません。オーロラ号には皆様の求めるもの全てが揃っています。もしご不満な点がありましたらお申し付けください。うちのスタッフが善処いたします」

そう言って男爵はおもてなし責任者のカミラに向かってウィンクした。

「わたしのことを知っている方なら、わたしのスカンジナビアに対する思い入れがどれほどのものかご存知のはずです——人々の温かさ——」

そう言ったとき男爵は、妻のアンネと投資家のラース・ヤンセンに向かってにこっとした。

「——食事の質とおいしさ——」

男爵は会場内を行き来しているトレーをあごで指し示した。

「フィンランドの起伏の森からスウェーデンの列島、わたしの妻の祖国ノルウェーのフィヨルドまで、各地域の特徴はどこも美しさで際立っています。そして、スカンジナビアの風景は――逆説的ではありますが――地面ではなく空にあると思います。スカンジナビアの冬の体験を輝かしいものにしてくれるのも空です――北の光――オーロラが出現するからです。自然は思い通りにはなりません。それでもわたしは航海中にオーロラが見られる喜びを皆さんと分かち合いたいと思っています。それでは、みなさん、グラスをお取りください。オーロラ号の処女航海を祝福して、海のオーロラ号万歳！　空のオーロラ万歳！」

「オーロラのために！」

わたしはつられて唱和した。そのたびにグラスを飲み干したから、アルコール効果が全身に行き渡り、頬の痛みも全然感じなくなった。

「行こう、ブラックロック！」

ベンが飲み干したグラスをトレーに戻して男爵のグループを顎で指し示した。

「連中のところへ行って、話の仲間入りしよう」

わたしは尻込みした。ベンと一緒に行くのを潔しとしなかった。第一、ベンとカップルだと思われるのが嫌だった。

わたしが行くなら行ってもいいと思い直して歩き出したとき、アンネが夫の腕をつかみ耳元で何事かささやくのが見えた。男爵はうなずき、妻の肩に腕を回し、ドアへ向かって一歩踏み出した。わたしがグループの近くまで来たとき、アンネが夫に向かって微笑むのが見えた。活気のある頃の彼女の美形が垣間見えた気がした。だが、眉毛は全くなく、それに頬骨が突き出していたから、顔が骸骨みたいで妙な印象だった。

「わたしはこれで失礼しますけど、お気を悪くしませんように」

彼女の英語はＢＢＣ放送のアナウンサーのように発音が完璧だった。

「疲れていて、夕食はお付き合いできませんので、また明日お会いしましょう」

「どうぞお気を遣わずに」

わたしは慣れない言葉で応え、作り笑いをした。

「わたしも明日お会いできるのを楽しみにしています」

「わたしは妻を部屋まで送っていきますから」

バルマー男爵が皆に言った。

「夕食には間に合うよう戻ってきます」

夫妻を見送りながらわたしはベンに向かって言った。

「男爵夫人の英語は完璧ね。彼女がノルウェー人だなんてとても思えないわ」

「子供のときはノルウェーで育ったわけじゃないからな。学校はスイスの寄宿学校だったから――おっと失礼、ブラックロック、ちょっと話してくる」

ベンはそう言うなりわたしから離れ、トレーのカナッペをつまみながら広間を横切っていった。少人数の男性グループの中に溶け込んだ彼がいかにも世慣れたジャーナリストの口調で皆に呼びかけるのが聞こえた。

「善人面したくせ者ども!」

客室乗務員の声が会場内に響いた。

「紳士淑女の皆様! ヤンセン・ルームにお移りください。間もなく夕食がサービスされます」

皆が移動する中に入ってドア口に並んでいたとき、誰かの視線を感じて振り向いたところ、わたしの後ろにいたのはベルニアン・タイムスの編集長ティーナだった。彼女は意味ありげな目でわたしを見つめていた。

第8章　最初の夕食会

元モデルでラースの妻、クロエ・ヤンセン
スウェーデンの大物投資家、ラース・ヤンセン

すぐ隣にある小さなダイニングテーブルに皆が落ち着くまで、恐ろしく時間がかかった。フェリーには何度も乗ったことのあるわたしは、普通の船上レストランを想像していた——客が隣り合わせで座る長いテーブル、食べるとさっさと退席できるカウンター——しかし、目の前に現れた現実は違っていた。ここはあくまでも個人のお屋敷のダイニングルームを模しているのだ。床まで届く絹のカーテンに、カットグラスの食器、純白のテー

ブルクロス。皆が所定の席に着くまでに時間がかかるのも無理からぬところだった。

わたしがようやく席に着いたとき、頭がずきんずきん痛んでいた。早く食べ物をお腹に放り込んで気を紛らわしたかった。コーヒーが飲めたら、むしろそっちのほうが効き目がありそうだった。しかしそれにはデザートが出てくるまで待たなければならない。

招待客たちは六人掛けの二つのテーブルに分割された。両テーブルとも一人分余っていた。

あの一つのどれに第10客室の女が座るのだろうかと思いながら、わたしはいろいろと考えをめぐらせた。

第一のテーブルに着いているのは、リチャード・バルマー男爵に、ベルニアン・タイムスの編集長ティーナ、食の紀行家のアレクサンダー・ベローム、英国人投資家のオーエン・ホワイト、それに、わたしの元彼のベン・ハワード。空いているのはバルマー男爵の真向かいの席だ。第二のテーブルに着いているのはわたしと、もう一人の投資家ラース・ヤンセン、隣にその妻のクロエ・ヤンセン、冒険旅行家のアーチャー・フェンラン、環境写真家でイケメンのコール・レドラー。その隣が空席だが、食器類だけは載っていた。

「これは片付けていい」

コールはワインボトルを届けに来たウェイトレスに命じた。

「妻はこの航海に参加できなかったから」

「それは失礼いたしました」

ウェイトレスは頭を下げてから同僚に一言言うと、席に用意されたもの全てが片付けられた。これで一件落着だが、第一のテーブルの空席は謎のままだった。

「シャブリですが、いかがですか？」

ウェイトレスに問われてコールはグラスを差し出した。

「イエス、プリーズ」

と、その時、向かいからクロエ・ヤンセンがわたしに手を差し伸べてきた。

「わたしたちまだ紹介されてませんよね」

骨の細い彼女にしては低音でハスキーな声だった。

「クロエ・ヤンセンです。仕事上の名前はウィルドだけど」

芸名を言われたら、その畑の者なら誰でも知っている。よく知られた彼女の広い頬骨、スラブ人特有の目つき、白色の金髪、役者のような派手な化粧、それがなくても彼女はどこか別世界の人間のように見える——アイスランドの漁船から連れてこられたような、シベリアの屋敷から出てきたような——彼女の今の雰囲気自体が、郊外のショッピングセンターでモデルにスカウトされたか、何かばかばかしい手段で今の出世があることを物語っている。

「お会いできて嬉しいわ」

　わたしは彼女の手を握った。その手は冷たく、痛いぐらいの強い握り方だった。ごつごつした指輪がわたしの手のひらに食い込んで、余計にそう感じられた。間近で見る彼女は、公平に言って、はっとするような美人だ。妙なひらひらのないドレスはその品質と値段でわたしの服とは比べ物にならない。まるで別の惑星から来たようなわたしたちだった。こいつの首根っこを押さえつけてやろうか、と、わたしの中に妙な嫉妬がないわけではなかった。

「わたしはロー・ブラックロック」

「ロー・ブラックロック！」

　クロエはケラケラ笑い出した。

「好きよ、その名前。五十年代の映画スターみたい。腰をラップして細く見せておっぱいを顎まで釣り上げるスター」

「わたしは——」

　わたしは頭痛の上にムカッときたが、自分を抑えて笑いを返した。クロエの笑いには、つい釣られてしまうものがあった。

「それで、こちらの方があなたのご主人？」

「ええ、わたしの夫、投資家のラースよ」

　そう言って彼女は夫をわたしに紹介しようとしたが、夫はそのとき写真家のコールと冒険旅行家のアーチャーとの話に夢中で、こちらに反応しなかった。しかたなくクロエは目をくるくるさせてわたしに向き直った。

「あの席には誰が座る予定なんですか？」

　わたしは空席に顎を向けた。クロエは首を横に振った。

「あそこは男爵夫人アンネの席よ。でも体調が悪いの。夕食は自分の部屋でとることにしたんじゃないかな」

「それはお大事にされたほうがいいですよね」

　余計なことを聞いてしまったとわたしは反省したが、やはりもっと聞きたかった。

「体の具合はどうなんですか？」

　クロエは再び首を横に振った。

「夫のラースを通じて男爵のことはよく知ってるけど、アンネはめったにノルウェーを出ないそうよ」

　クロエは声をひそめ、内緒話をするような口調で続けた。

「今は一種の世捨て人みたいになってしまって――だから、今回乗船しているのを知って驚いているのよ。自分ががんだと知ったら誰だって……」

クロエが何を言おうとしていたかは別にして、彼女の話は料理を盛った五つの大皿の到着で中断させられた。

一体何を食べさせられるのか。見た目では分からなかった。

「マテ貝の酢漬けビート添え――」

サービス係の男性が大声で説明した。サービス係が下がると、アーチャーがフォークを取り上げ、料理の一つを突き刺した。

「マテ貝だと?」

アーチャーは疑わしそうに料理に目を近づけて眺めた。

「こんなににおいのきつい生の貝は初めてだ。ちょっと気持ち悪いな」

「何言ってるの!」

クロエは口を曲げて猫のような笑いを浮かべた。不信とも茶化しとも取れる笑いだ。

「でも、ゲテモノ食いがあなたの専門でしょ?　昆虫だの、トカゲだの」

「ゲテモノ食べて給料もらっていると、休みの日ぐらいは美味しいステーキを食べたくなるんだ」

冒険旅行家のアーチャーはそう言って笑った。

それから、彼はわたしに顔を向けて手を差し出した。

「アーチャー・フェンラン。まだ紹介しあってないよね」

「ロー・ブラックロックです」

わたしは口に放り込んだものが何なのか分からず、ゲテモノでないことを祈りながら、気持ち悪いまま答えた。

「以前に会っています。お忘れでしょうが、わたしはベロシティ誌で働いています」

「ああ、そう。ローアンの所で――」

「ええ、そうです」

「彼女に頼まれて書いた記事はずいぶん喜ばれたけど」

「ええ、あれは好評でした。ツイッターに反響も沢山ありました」

〝食べたらびっくりするほど美味しい12の自然食材〟とかいうタイトルの記事だった。大きな写真の中央でアーチャーは焚き火を背に何かの食材をかじりながら、カメラに向かってにっこりしていた。

「なのに、それは食べないの?」

クロエが口を挟み、アーチャーの皿を顎で指した。彼女自身はとっくに皿を平らげ、皿に残ったソースを指でぬぐってそれをペロッとなめた。アーチャーはどうしようか迷ってから、目の前の皿を押しのけた。

「これはやめておこう。次の料理を待つことにする」

「正直でいいわね」

そう言ってクロエは再び猫のような笑いを浮かべた。そのときの彼女の手の動きがわたしの注意を引いた。テーブルの下で何かコチャコチャやっている。テーブルクロスでそれを隠すわけでもなかった。よく見ると、横に座る夫のラースと手を握り合っていた。夫の親指が彼女のこぶしをリズミカルに撫でている。そのあまりの仲の良さと、おおっぴらなのが、わたしにとってはむしろショックだった。もしかしたら、彼女は見かけのような軽薄な女ではないのかも。

アーチャーがわたしに何か言っていた。それに気づいてわたしはそちらに顔を向けた。

「失礼、他の事に気をとられて。何かおっしゃいました?」

「きみのグラスがカラだったから。注ごうかと言ったんだけど」

見ると確かにカラだった。シャブリを注いでもらったはずだが、自分ではいつ飲み干したのか、記憶がない。

「ええ、お願いします」

グラスに新しいシャブリが注がれるのを見ながら、これで何杯目か数えてみた。

一口すったところで、クロエが身を乗り出し、小さな声で聞いてきた。

「その頬はどうしたの？　聞いてもいいかしら？」

わたしの顔に暗い表情がよぎったのだろう、彼女はそれを気にしてか、手を振って〝気にしないで〟のジェスチャーをした。

「ごめんなさいね、変なことを聞いて。いいのよ、答えなくて。わたしって社交が下手なんだから」

「ああ、これね……何でもないんです」

何か勘違いされているようで気恥ずかしかった。自分で転んだわけでも、ジュードを裏切って陰で遊んでいるわけでもないのに、相手の聞き方が穿っていた。

「これはそうじゃないんですよ。強盗に入られたときの傷なんです」

「まさか！」

クロエはショックの表情を浮かべた。

「あなたのいるときに侵入されたの？」

「イエップ。最近増えてるって警察が言ってました」

「それで強盗に襲われたのね。ジーザス・クライスト！」

「そういうわけでもないんです」

わたしはいきさつを事細かに話す気になれなかった。あの嫌な場面を思い出すからではなく、ある種のプライドからだった。今自分はプロのジャーナリストとして皆と交わっている。当然話は客観的で正しくなければならない。怖気づいてベッドルームにへばりついていたとはとても語れない。しかし、強盗に入られたことが公になった以上、話さなければ何か隠していると思われてしまう。

「この傷は事故だったんです。犯人はドアをわたしの目の前で勢いよく閉めたから、ドアの金具が頬にぶつかって――犯人にもわたしを傷つけるつもりはなかったんだと思う。布団をかぶってベッドに潜っていればよかったものを。馬鹿だから首を出しちゃった」

「護身術を習ったらいい」

冒険旅行家のアーチャーが話に加わってきた。

「わたしも英国海軍にいた当時手ほどきを受けたんだけど、体の大きさは問題じゃないんだ。小さな女子でもテコの原理を有効に使えば大男でも倒せるからね」

アーチャーはいすを引いて立ち上がった。

「教えてやろう、立ちなさい！」

わたしはためらったが、結局言われるままに立ち上がった。すると、あっという間の速さで彼はわたしの腕を取り、背中でねじ上げた。

わたしはバランスを失い、空いたほうの手でテーブルをつかみ体を支えた。それでも彼はわたしの手を締め付けたままだったので、わたしの筋肉が悲鳴を上げ、それが口をついて出た。クロエのびっくりしている顔がわたしの目の端に留まった。

「アーチャー!」

彼女が吠え、さらに続けた。

「アーチャー! 彼女は怖がっているのよ!」

アーチャーがようやく手を離したので、わたしは席につくことができた。足の震えが止まらなかったが、それに気づかれないよう平静を装った。

「ごめん」

アーチャーは苦笑いしながらいすを引いて座った。

「痛かったかい? 相手が自分より大きくても、技を使えば——習いたかったらいつでも」

わたしは笑おうとしたが、顔がこわばって、変な笑い方しかできなかった。

「一杯やって気晴らししましょう」

クロエはぶっきらぼうに言い、わたしのグラスになみなみと注いだ。そして、アーチャーがウェイターと話をしている間に、わたしの耳元でささやいた。

「アーチャーなんて相手にしないことよ。あの人と先妻との噂はどうやら本当みたいね。それと、その類の傷だけど、うまくカバーしたいならわたしの部屋にいらっしゃい。わたしのバッグにはプロ用の化粧道具が一揃い入っているから。こう見えてもわたしはちょっとしたメーキャップアーティストなの。利用しないと損よ」

「じゃあお願いしようかしら」

わたしは微笑もうとしたが、うそ笑いしかできなかった。それを隠すためにグラスをすすった。

第9章　明け方の水しぶき

元彼のベン

食事のキリの良いところで席替えが三回あった。それでも、わたしはバルマー男爵の隣になる幸運には恵まれなかった。

ようやくコーヒーの時間になり、リンドグレーン・ラウンジに戻っていいことになったので、わたしは自分から男爵に話しかける決心をした。

コーヒーカップを手に、船の揺れでこぼれないように慎重に広間を横切っていた時、目の前でフラッシュがたかれ、わたしは思わずつんのめり、借り物のドレスと目の前の白いソファにコーヒーをこぼしてしまった。

「泣かない、泣かない！」

聞こえたのは写真家コールの声、フラッシュをたいた本人の声だった。

「クソッ！」

下品な言葉がわたしの口を突いて出た。彼に一番やってほしくないのは、上役のローアン編集長に会場でのわたしのそそっかしさを報告されることだった。わたしは自分で思っている以上に酔っていたに違いない。

「あなたのことじゃないのよ」

わたしの声はこわばっていた。

「ドレスとソファを汚しちゃった」

フラッシュをたいた当のコールは、わたしの不愉快そうな顔を見て笑った。

「心配するなって。きみの秘密をローアン編集長にばらしたりはしないから。おれを見くびらないでくれ」

「そんなつもりはないわ——」

と言ったものの、写真家は不思議なくらいわたしの心配を見抜いていた。

「まあ、それはどうでもいいや。それよりも、なぜきみはあんなに急いでいたんだい？　獲物を追いかけるハンターみたいに大股で歩いて」

「わたしはただ……」

事実を認めるのは気が進まなかった。が、頭が痛かったし、疲れている上に酔ってもいたので、ありのままを話すのが一番楽だと思った。

「バルマー男爵と話をしたかったの。今夜はずっとそのチャンスをうかがっていたんだけど、うまくいかなくて――」

「そうだったのか。じゃあ、おれが邪魔しちゃったわけだな？」

コールは目を光らせて笑った。彼の切歯が見えて、それが彼を狼のような捕食動物に見せていた。

「リチャード・バルマー男爵ならおれが何とかしてやろう。バルマー男爵！」

写真家がいきなり男爵に呼びかけるのを聞いて、わたしはちょっと怖気づいた。

少し離れたところで投資家のラース・ヤンセンと話し込んでいたバルマー男爵がこちらを振り向いた。

「誰かわたしを呼んだか？」

「ああ、おれが呼んだんだ」

「こっちに来てこのかわいいお嬢さんと話してくれ。そうすれば、おれのドジが帳消しになるから」

バルマー男爵はハハハと笑い、横のいすから帽子を取り上げ、こちらに向かって歩き出した。船の大きな揺れにもかかわらず、男爵の歩みはスムーズだった。体にピッタリしたあつらえのスーツと毎日鍛えているようなビシッとした体型が印象的だった。

「やあ、リチャード」

写真家は手招きして男爵を引き寄せ、わたしを紹介した。

「こちらはロー。こちらはリチャード・バルマー男爵。実は彼女があんたに話しかけようとしたとき、俺がフラッシュをたいて邪魔しちゃったんだ」

バルマー男爵とコールが握手する横で、わたしは顔が真っ赤に火照っていた。

「いつも言っているんだ。それを扱うときは慎重を期せってね」

そう言って男爵は写真家の首にぶら下がっているフラッシュのついたカメラを指差した。

「勝手に写真を撮られるのを嫌がる人もいるんだ。特に不都合な場面ってあるんだぞ」

「いやあ、かえって喜ばれることもあるんだ」

写真家は軽口を返し、歯をみせて笑った。

「世間にも知れて、有名人の気分が味わえるからな」

「いや、まじめな話」

男爵は依然としてにこやかだったが、声から明るさが消えていた。

「アンネの場合なんか――」

男爵は声をひそめた。

「きみも知ってるだろ。あれ以来自意識が過剰になって」

コールはうなずいた。顔からは笑いが消えていた。

「アンネのような場合は別ですよ。ここにいるお嬢さんはプライバシーは気にしないから。そうだろ?」

そう言って写真家はわたしの肩に腕を回し自分のほうに引き寄せた。カメラが顔に当たって痛かったが、わたしは何とか笑い顔を作れた。

「ええ、わたしは構いません、もちろん」

ぎこちない答え方になった。

「そう、その元気が必要なんだ」

男爵が口を挟み、わたしにウィンクした。それにどう反応しようかわたしが迷っていた時に、バルマー男爵の肩を英国人投資家のオーエン・ホワイトが後ろからポンポンと叩いた。男爵は後ろを振り返った。

「なんだい、オーエン？」

男爵が侵入者に応えていたため、わたしが話しかけるチャンスはなくなった。

「わたしは――」

それでも、なんとか口を開くと、男爵がわたしを振り向き、肩越しにこう言った。

「ねえきみ、立ち話じゃ大した話は出来ないから、明日すべての行事が終わったあとでわたしの部屋に来てくれないか。そしたらゆっくり話が聞けるから」

「サンキュー」

妙にへりくだらないように、気軽な口調で答えた。

「それはいい。わたしの部屋は第1客室だからね。楽しみにしている」

写真家がわたしの耳元で囁いた。彼の息も聞こえたが、心臓の音まで聞こえるような気がした。

「最善は尽くしたぜ。他に何をすれば埋め合わせができる？」

「もう気にしなくていいのよ」

彼があんまり近くに立っていたので気持ち悪かった。一歩後ろにさがって離れようかと思ったが、ローアンの言葉が耳の中でこだました。

〈大切なのは人脈よ、ロー。なんでも筒抜けになるから気をつけてね〉

　写真家の話は続いていた。

「バルマー男爵は古い友人でね……」

　写真家はトレーからコーヒーカップを取り上げると、それをがぶ飲みして続けた。

「おれたちはオックスフォード大学のカレッジで一緒だったんだ。だから、この航海に誘われたときは断れなくて――」

「ずいぶん親しいのね」

「親しいとは言いがたいね。おれたちは別の世界に生きているから。片や貧乏写真家、片やヨーロッパ一の金持ち女性と結婚しているんだ」

　写真家はハハハと笑って続けた。

「でも、男爵はいいヤツなんだ。金持ちの家に生まれて何不自由なく育ったと思われがちだが、実際は違うんだ。若いときはかなりの生活苦を味わい、相当苦労したらしい。だから――」

　そう言って写真家はぐるっと手を回し、絹のカーテンやクリスタルのシャンデリアなど、周囲のインテリアを指し示した。

「――こういうものの良さが身にしみて分かってるんだろう」

わたしは、広間にいた大勢の客たちを無視してまで妻のアンネを抱えるようにして二人の部屋に退いた男爵のあの時の振る舞いを思い出して納得した。わたしがようやく自分の客室に戻れたのは夜の十一時ごろだった。

わたしは酔っていた。相当の酔いだった。どれくらい酔っていたのか、説明するのは難しい。ふらふらなのは、波に揺られる船の中だし、吐き気がするのは、シャンパンやワインをちゃんぽんにしたからだろう。その上に冷えたウォッカまで飲んでしまった。わたしって一体何を考えていたんだろう。自分に呆れるしかなかった。

それでも、客室のドアの前に立ったとき、頭ははっきりしていた。ドア枠に手をついてしっかり立っていた。なぜこんなに酔ったのか。酔うと分かっていてあれこれ飲んでしまったのか。わたしなりの理由はあった。酔うとよく眠れるからだ。グデングデンに酔えば死んだように眠れる。眠れぬ夜を過ごすのはこの際ごめんだった。あれこれ考えるのはやめて、わたしはしまっておいたカードキーを取り出そうとブラジャーに手を突っ込んだ。

「手伝おうか、ロー?」

背後から男の声がした。ドアに映った影の主は、またもや元彼のベン・ハワードだった。

「結構よ」

わたしは、手付きがおぼつかないところを見せたくなかったので、彼に背を向けた。と、その時、大波が来て船がぐらっと揺れた。そのあおりを受けて、わたしはつんのめりそうになった。

「無理しなくていいんだよ」

ベンはわたしに寄りかかり、わざとらしくわたしを見つめた。

「無理なんかしてないわ！」

わたしは怒りで歯がカチカチと鳴った。

「俺が手伝っちゃいけないのか？」

胸が露出しないよう、わたしは襟元を握りしめた。ベンはそこを顎で指し、挑発するように笑った。

「手が三本あるつもりか？」

「余計なお世話よ！」

カードキーらしき固くて温かいものがわたしの肩甲骨あたりにつっかえている。そこまでは指が届かない。

ベンはいきなり近づいてきて、襟元からドレスの中に手を入れ、おっぱいをつかんだ。明らかなわいせつ行為だった。しかし、事実と結果は違っていた。

夢にも見ないようなことだが、猫の呻きのような声とともに、ドレスの破れる音がして、ベンがよろけ、床に倒れた。その弾みか、それともその前か、わたしの膝がベンの急所を蹴り上げていた。ベンは何も言わず、小声で喘いだだけだった。わたしは思わず泣き出した。

二十分後、わたしはまだベソをかきながらベッドに腰を下ろし、涙で汚れたマスカラを拭き取るため頬をこすっていた。横にベンが座り、片手をわたしの肩に回し、もう一方の手で氷嚢を自分の股間に当てていた。

「ごめん」

同じ言葉を繰り返す彼の言葉は、痛みからだろう、かすれていた。

「頼むよ、ロー。もう泣かないでくれ。俺が悪かった。とんだドジだった。報いを受けるのは当然さ」

「全部あなたのせいじゃないのよ、ベン」

わたしはベソをかきかき説明した。

意味が通じるかどうか自信がなかったが。

「強盗に入られて以来、男の人の行動がまともに受け止められなくて。頭がおかしくなりそう」

「強盗だって!?」

わたしは泣き泣き語った。ジュードにも打ち明けなかった全てを、ありのままに話した。夜中に起きたら賊が侵入していて、それを知った時の恐怖。叫んでも、誰にも聞こえない状況。助けが来る見込みがないこと。取っ組み合って勝ち目がないこと。自分の弱さを思い知ったこと。それまでそんな目にあうなんて思ってもみなかったこと、等々を語った。

「ごめん！」

ベンは同じ言葉を経文のように繰り返し、空いている手でわたしの背中をさすってくれた。彼のぎこちない謝罪はわたしを余計悲しくさせるだけだった。

「あのね、スイートハート――」

「そんな呼び方はしないでちょうだい」

わたしは首を激しく振って顔にかかった髪を払い、ついでに彼の手も払いのけた。

「ごめん、手が滑っただけなんだ」

「どうだっていいわよ。もう言わないで」

「分かった」

ベンは当惑しきっていた。

「でも、ロー、正直に言って――」

「もういいって！」

「俺はバカだった。分かっているんだ」

「もういいって言ったでしょ。終わりよ」

ベンは首を横に振った。

わたしは泣きやんだが、それは彼の言葉ではなく、彼の打ちのめされたような悲しげな態度に何か感じたからだった。

「けど、ロー――」

ベンは子犬のようなつぶらな瞳でわたしを見上げて言った。

「ロー、俺は――」

「やめて！」

わたしの声は意図していたよりも辛辣に響いた。元彼をどうしても黙らせたかった。ベンが何を言おうとしているかわからなかったし、それが何であれ、わたしは聞く耳を持たなかった。ベンとは、これから五日間も船上で共同生活をしなければならないのだ。その五日間、彼に嫌な思いをさせれば、わたしにとっても嫌な五日間の船旅になってしまう。

「やめてね、ベン」

わたしは優しく言った。

「もうとっくの昔に終わったことよ。忘れてないでしょ。別れたがったのはあなたのほうよ」

「分かってる」

ベンはいかにも負け犬っぽかった。

「あの頃の俺はバカだった」

「そんなことない。あなたはバカなんかじゃない」

自分は嘘つきだと感じながら、そう言うしかなかった。

「オーケー。百歩譲って、確かにあなたはバカだったかもしれない。でも、わたしも強情で、決していい相手ではなかった。だからと言って、今そんなことを言い合う場合じゃないでしょ。わたしたちはいい友達なんだから」

彼がうなずくのを見て、わたしはさらに言った。

「この際はっきりさせましょ」

「オーライ」

ベンはうなだれて立ち上がった。そのはずみで顔を自分の腕に当ててしまった。そして、着ていたディナージャケットの袖のあたりを悲しそうに見つめた。

「船上にドライクリーニング店があるんだろうな」

「修繕屋さんが乗ってると思うわ」

彼の絹のジャケットの脇が上から下まで破れていた。

「これじゃあみっともなくて歩けないな。今夜はここに泊まってもいいだろ？　変な意味じゃなくて。俺はソファで寝るから」

「そうね」

　ジャケットの破れ方のひどさを見てわたしはそう答えたものの、その意味の深長さに気づいて、首を横に振った。

「やはり、だめ！　自分の客室に帰ってちょうだい。わたしのことは心配しなくていいのよ。ここは海に浮かぶ船の中。誰も侵入なんかできない。わたしにとってこれ以上安全な場所はないわ」

「オーライ」

　ベンは足を引きずるようにして出口へ行き、ドアを半分開けたが、出て行かなかった。

「ごめん。悪かった、本当に」

　わたしにはベンの本心が読めていた。許しをこうだけでなく、彼が何を期待しているかを。わたしとの長い付き合いから、ゴリ押しもあながち通じないわけではないことを知っているのだ。それを彼に許してしまったら、わたしは本当の大バカものになってしまう。

「自分の部屋に帰ってちょうだい」

　わたしは疲れていたし、悲しかった。彼はまだドアのところで立っていた。揺れる船に胃を揺すられる中でわたしは胸に問いかけた——彼が出て行かなかったらどうする、ドアを閉めてこちらに戻ってきたらどうする、と。千分の一秒か、それ以上経ったか、次の瞬間、彼はいなくなっていた。

わたしはドアのところへ行き、鍵を閉め、ソファに崩れ、顔を両手に沈めた。

どのくらい時間が経ったか、わたしは起き上がり、ミニバーからウィスキーを取り出して注ぎ、一気飲みをしてから、ぶるっと震えて口を拭った。それから、着ていたドレスを脱ぎ捨てた。床の上のドレスは蛇の抜け殻のようだった。ブラを外し、脱いだ衣服をそのままにしてベッドに倒れこんだ。そして、そのまま、溺れるように深い眠りに落ちていった。

何がわたしの目を覚まさせたのか分からなかったが、心臓にアドレナリンの注射を打たれたような、ドカンと来るショックがあった。わたしは恐怖で凍りついた。心臓が毎分二百回も打っていただろうか。つい何時間か前にベンに向かって言った気休めの言葉が頭の中を巡った。

〈ここは海に浮かぶ船の中。誰も侵入なんかできない。わたしにとってこれ以上安全な場所はないわ〉

わたしは死後硬直したような手でシーツを固く握っていた。その指を一本一本ほどいて使えるようにすると、拳の痛みも和らいだ。それから意識的に、息を吸ったり吐いたりを繰り返しているうちに、心臓の鼓動も正常に戻った。すると、船全体に響く低いエンジン音と波の音以外、何も聞こえなくなった。

〈しっかりしなくちゃ〉

これからの五日間の旅行中、毎晩酔っ払ってうさを晴らすわけにはいかない。そんな体たらくだったら、自分のキャリアを傷つけ、ベロシティ誌での昇進も期待できなくなる。ではどんな手段があるというのだ。睡眠薬？　瞑想？　しかし、どれも今の自分には役立ちそうにない。

わたしは寝返りを打ち、明かりをつけ、携帯をチェックした。午前三時四分だった。それからEメールを更新した。ボーイフレンドのジュードからのものはなかった。

その後、目が冴えて眠れなかったので、本を取り出しベッドの上に足を広げ、背骨を折った小鳥のような格好で読み始めた。しかし意識のどこかが邪魔されて、なかなか本に集中できなかった。

妄想症などでは決してない。何かがわたしを眠りから遠ざけている。何かがわたしをそわそわさせ、ひとつの埃を気にせずにはいられない潔癖症に仕立てている。

本のページをめくった時だった。何かの音を聞いたような気がした。エンジン音でも、波の音でもない、別の種類の音だ。まるで紙と紙がこすれるような、静かな音だった。隣の部屋のベランダの引き戸がそっと開けられる音だった。

わたしは息を殺して、聞き耳を立てた。

次に聞こえたのは、女性の叫び声と水しぶきの音だった。

小さな水しぶきなんかではなく、とてつもなく大きい水しぶきの音だった。

人体を海に投げ込んだような、大きな音だった。

投稿者：ジュード・ルイス
日付：九月二十四日　午前八時五十分
みなさん！　ロー・ブラックロックに関して、心配しています。処女航海の記者招待旅行に出発して以来二、三日経ちますが、彼女からの連絡がありません。心配です。

投稿者：リッシー・ウェイト
ハイ、ジュード。彼女からは日曜日に連絡がありましたよ。二十日だった気がします。船が素晴らしいって言ってました。返事ください。九月二十四日　午前九時二分。

投稿者：ジュード・ルイス
そのころは僕も返事をもらいました。しかし、僕が月曜日に出したEメールにも、電話の留守録にも返事がありません。以来、ツイッターでも音沙汰なしです。返事をください。
九月二十四日　午前九時三分。

投稿者：ジュード・ルイス
パメラ・クルー（ローのお母さん）？　ジェニファー・ウエスト？　カール・フォック

ス？　エマ・スタントン？　みなさん、どなたでも結構ですからわたしに返事をください。名前の並べ方に特に意味はありません。九月二十四日　午前十時四十四分

投稿者：パメラ・クルー

ローから日曜日にEメールがありましたよ、ジュード。船が素晴らしいって言ってました。ローのお父さんに連絡してみましょうか？　返事ください。九月二十四日　午前十一時十三分。

投稿者：ジュード・ルイス

ハイ、パメラ。心配させて悪いんだけど、いつものローなら僕に連絡くれるはずなんだけど。でも僕はモスクワから動けないので、もしかしたら彼女は連絡しているのにつながらないのかな。返事ください。九月二十四日　午前十一時二十一分。

投稿者：ジュード・ルイス

パメラ、ローはきみに船の名前は言っていた？　探しても僕にはわからないんだ。返事ください。九月二十四日　午前十一時三十三分。

投稿者：パメラ・クルー

ハイ、ジュード。ローのお父さんに電話中だったの。ごめんなさい。お父さんは何も聞いていないそうです。船の名前はオーロラ。そのことについて何か聞いたら教えてね。バイ。返事を待ってる。九月二十四日　午前十一時四十八分。

投稿者：ジュード・ルイス

ありがとう、パメラ。船の名前で探してみる。もしそのことで誰か何か聞いたら、僕に連絡ください。返事を待ってます。九月二十四日　午前十一時四十九分。

投稿者：ジュード・ルイス

何かありましたか。九月二十四日　午後三時四十三分。

投稿者：ジュード・ルイス

みなさん、お願いです。何か聞いたら連絡ください。返事を待ってます。九月二十四日、午後六時九分。

PART THREE

第10章　空室だった第10客室

保安責任者のヨハン・ニールセン

どうすべきか、など何も考えなかった。ただまっしぐらにベランダに向かって駆け出して、フレンチドアを引き開け、ベランダに出るなり柵から身を乗り出して、辺りの海面を探った。揺れる波間に何か――誰か――浮いていないか？　暗い海面は船の窓の明かりを反射してキラキラ光り、それが海面を余計見づらくしていた。が、ほんの一瞬、黒い波頭の下に何か見えたような気がした――女性の腕のような、白いものがグルグル回っていた

——。

初めは波頭の下に見えていたものが、みるみる水中に引き込まれていった。わたしは無意識に向きを変え、隣のベランダの手すりに目をやった。隣のベランダとこちらのベランダの間にはプライバシー保護用の柵があり、あまりはっきり見えなかったが、覗き見すると二つのことが垣間見えた。その一つは、ガラス製の手すりに汚れた箇所がひとつあったこと。黒い油のような汚れだった。血痕だと思えば、それらしくも見えた。

その第二は、物証ではなく、客観的な事実だった。そのためにわたしの胃はキリキリと痛んだ。隣のベランダに誰がいたにしろ、誰があの人体を海中に投げ入れたにしろ、わたしが愚かにも慌てふためいてベランダに出たところを目撃していないはずはないということだ。わたしが駆けつけた時、その人物がその場にいたことは間違いない。わたしがドアを引き開けるのを見て慌てて姿を隠したのだろう。わたしの顔も見たに違いない。

わたしは後ろ手でベランダのドアを閉め、慌てて部屋に戻った。それから、客室ドアに二重鍵がかかっているのを確かめた上にチェーンロックを掛けた。心臓がドキドキと鳴っていた。が、気持ちは意外に平静だった。むしろ、普段よりも落ち着いて、自分の置かれた状況を理解できた。

自分が生きてきた中でこれこそが本物の危機だ、わたしは今その渦中にある、と。

玄関に鍵が掛かっているのを再度確認してから、急いでベランダのドアに戻り、鍵を掛けた。ベランダのドアには二重ロックはなかったが、普通のチェーンがあり、安心感は十二分に得られた。

すぐベッドに戻り、受話器を取り上げると、震える指で0番を押した。

「ハロー?」

歌手のような明るい声が返ってきた。

「どのようなご用件でしょうか、ブラックロックさま?」

頭が混乱していたわたしは、電話のオペレーターがなぜわたしからの電話だとわかったのか、そこに疑念を抱いた。しかし、落ち着いて考えてみれば、オペレーター側の画面にどの部屋から電話がかかってきたのか表示されているに違いなかった。わたしの名前を口にするのは当然だと納得できた。夜の夜中にわたし以外の誰がこの部屋から電話するというのか。

「ハロー!」

わたしは自分を落ち着かせた。声は震えていたが、言いたいことは普通に言えた。

「あなたは誰なんですか?」

「わたしはお客様の部屋を担当する、客室乗務員のカーラです、ブラックロックさま。どうなさいました？」

明るくキビキビした女性の声に、心配そうな口調が混じり始めた。

「大丈夫ですか？」

「ノー！　ノー！　全然大丈夫なんかじゃない──」

わたしはそこまで言って話を止めた。これから話すことが、彼女にはどれほどバカバカしく聞こえるだろう。容易に推測できた。

「ブラックロックさま？」

「わたしが思うには──」

唾を飲み込んでから、その先を続けた。

「つい今しがた、殺人を目撃したと思うの！」

「なんですって？」

客室乗務員の声はショックで歪んだ。それから、何語か分からない外国語で何か言ったが、わたしには意味不明だった──スウェーデン語だったか、もしかしたら、オランダ語だったかと思う。間も無く客室乗務員は落ち着きを取り戻してわたしに言った。

「お客様ご自身は大丈夫ですか、ブラックロックさま？」

わたしが大丈夫かって？　わたしは部屋のドアに視線を移し、誰も入ってこられないのを確認した。

「イエス、イエス。わたしは大丈夫。隣の第10客室のことです。誰かが人間をベランダから海へ突き落としたんだと思う」

わたしの声も裏返った。精神状態がおかしいのが自分でも分かった。今にも泣き出しそうな、そのくせ笑い出しそうな、妙な感じだった。わたしは深呼吸してから自分をしっかりさせるために小鼻をつまんだ。

「すぐ係の者をそちらに向かわせます、ブラックロックさま。そして、そちらに着いたらこちらから電話をおかけします。一旦電話を切って、その場でお待ちください」

カチャンと電話の切れる音を聞いてから、わたしは受話器を置いた。幽体離脱を体験しているような、妙な感覚だった。


頭がずきんずきんと痛んだ。何も着ていないことに気づき、係の人が来るまでに着なければと慌てた。バスルームのドアにかけてあったバスローブを手に取ったが、何か妙な感じがしたので考えてみた――夕食会へ出かけるとき、確かバスローブは他の衣類と一緒に床に脱ぎ捨てて行ったはずだ。その衣類の山を振り返って見た記憶がある。そのときカウンターには化粧品が乱雑に置かれ、洗面台には口紅で汚れたティッシュが投げ込まれていた。あのときそれを見て、後で片付けようと思った。

しかし、今、その全てがきちんと整理されている。バスローブはドアに吊るされ、汚れた衣服や下着はどこかに消えていた。どこに片付けられたかは神のみぞ知るである。

化粧棚の上には、わたしの化粧品が歯ブラシの横に並べてある。タンポンとピルだけは化粧品袋に入っているが、どこか変だ。全部外に出してあった方が自分らしくて自然だ。わたしは背筋が寒くなった。

誰かがこの部屋に入った！　当然だ。それが宿泊施設のメイドサービスというものではないか。でも、ここに入った誰かがわたしのタイツや使用中のアイライナーに手を触れ、わたしの汚れ物をかき回した、としか考えられない。なぜそんなことをするのか、理由が思いつかない。

わたしはベッドに半身を起こし、両手の中に顔を埋めて、ミニバーの中の酒の種類を思い浮かべた。と、その時に電話が鳴り、それに応じるためにわたしは掛け布団を蹴飛ばした。ちょうどその時に、ドアをノックする音が聞こえた。とりあえずわたしは受話器を取った。

「ハロー？」

「ハロー、ブラックロックさま。客室係のカーラです」

「はい、今玄関に誰か来ているけど、ドアを開けていいですか？」

「お願いします。そこにいる者はわたしどもの保安責任者のヨハン・ニールセンです。あとは彼にお客様のことは任せますけど、何かわたしにできることがあったら、いつでも電話してください」

電話が切れると同時に、再びノックの音が聞こえた。わたしは玄関へ行き、バスローブのベルトを締めなおしてからドアを開けた。男が立っていた。初めて見る顔だった。制服らしき服を着ているが――わたしとしては、警察官のような威厳のある制服を期待していたのかもしれない――彼のは船員のそれ、しかも給仕長のような制服だった。四〇歳くらいで、ベッドから出て来たばかりのように髪の毛はぐちゃぐちゃ、背がとても高く、玄関に入るとき身を屈めなければならなかった。目はカラーコンタクトをしているのかと思えるほど青く、それに気を取られていたわたしは、彼が握手の手を差し伸べているのにしばらく気がつかなかった。

「こんにちは、ブラックロックさまですね」

彼の英語はとても自然で、かすかにスカンジナビアの訛りがある程度だから、スコットランドかカナダに住んだことがあるのでは。

「わたしはオーロラ号で保安責任者をしているヨハン・ニールセンです。何かただならぬものを目撃されたとか?」

「ええ、そうなんです」

わたしは曖昧にせず、見たこと聞いたことをはっきり答えた。

「ええ、見たんです――叫び声が聞こえて――何かが海に投げ込まれたんです。人間だと思います――女性だと――」

「見たんですか？　聞いたんですか？」

ニールセンは首を傾げて聞いた。

「叫び声も聞こえたし、バシャンという水しぶきの音も聞こえました。大きな音です。相当大きなものが海に投げ込まれたか、突き落とされたんだと思います。その音を聞いてわたしは慌ててベランダに出て、海面を見たら、人体らしいものが波間に沈んでいくのが見えたんです」

保安責任者は真剣な顔で聞いていたが、どこか警戒気味だった。わたしの話が長くなるにつれ、その顔に当惑の表情が深まった。わたしは付け加えた。

「それに、ガラスの手すりに血がついていたんですよ」

この話に保安責任者は唇を噛み、ベランダの方を顎で指した。

「あなたの部屋のベランダですか？」

「いえ、血がついていたのは、隣の部屋のベランダの手すりです」

「行ってみていいですか？」

わたしはうなずき、バスローブのベルトをさらに締め直して、保安責任者の後につづいてベランダに出た。

外は風が強まり寒かった。ベランダの幅は、腹の突き出た大柄の保安責任者とわたしが並んで通過するには狭すぎた。だから、わたしが先に立って案内した。今は保安責任者が一緒にいてくれるから安心してベランダに出られる。わたし一人だったら再びベランダに出る勇気は出なかっただろう。

「あそこです」

わたしは、第10客室とわたしの客室を隔てる柵の向こうを指差して言った。

「ほら、あそこですよ。わかるでしょ？」

保安責任者は柵越しに隣のベランダをのぞいていたが、わたしを振り返って顔をしかめた。

「お客様のおっしゃる意味がわかりませんねえ、どこでしょうか。教えてくれますか？」

「わたしの言う意味ですか？　ガラスの手すりのあの辺に大きな血の跡がついていたんです」

わたしは心臓がドキドキしていた。

殺人者がまだその辺りに潜んでいやしないか。顔に拳が飛んでこないか。銃弾が顔を直撃しないだろうか。向こう側に何があるのかわからないまま、柵の向こうを覗くには相当の勇気が必要だった。

しかしわたしは、何にも出くわさなかった。暗がりから飛びかかってくる殺人者もいなければ、血で汚れた箇所もなかった。ガラスの手すりは月の光を受けて綺麗に光っていた。指紋一つ無さそうだった。保安責任者を振り返ったわたしは自分の顔がショックで引きつっているのが分かった。言うべき言葉を探して首を振るわたし。それを見る保安責任者の青い目には同情の色があった。

わたしが何よりも傷つくのは、こんな時に同情されることだった。

「血の汚れがついていたのはそこですよ」

わたしはムカッときて同じことを言った。

「そいつが汚れを拭き取ったんでしょう」

「そいつが——?」

「殺人者がですよ！　クソ殺人者のことですよ！」

「宣誓証言じゃないんですから、ムキにならないでください」

保安責任者は穏やかな口調で言い、わたしたち二人は室内に戻った。彼が先に部屋に入り、わたしがそれにつづいた。彼はぶきっちょな手つきでドアにチェーンを掛けた。それから、腰に手を当てて立ち、わたしが何か言うのを待った。保安責任者はコロンの香りを漂わせていた。不快な匂いではなかったが、巨人の彼がいると部屋がたちまち小さく見えた。

「なんですか?」

どうしてもムキになってしまう自分の口調をわたしはどうしても変えられなかった。

「わたしは見たままを言ったまでです。わたしが嘘をついてるとでも言うんですか⁉」

「では、隣の客室へ行ってみましょう」

保安責任者は含みのある言い方をした。わたしはバスローブのベルトをさらに締めた。ベルトが腹に食い込むほどきつくなった。そして、保安責任者の後について裸足のまま廊下に出た。保安責任者は第10客室のドアをノックした。返答がないと分かると、ポケットからカードキーを取り出し、それでドアを開けた。

二人はその場に立ったまま中を覗いた。わたしはぽかんと口を開け、保安責任者の視線を背中に感じながら第10客室に足を踏み入れた。

部屋は完全に空っぽだった。人間はおろか、物一つなかった。スーツケースも、服もなかった。バスルームには化粧品もなかった。ベッドですら敷物が取り払われ、マットレスがむき出しになっていた。

「若い女性がいましたけど」

わたしの声はこわばっていた。握った拳は、保安責任者に見られるのが嫌で、ポケットに深く突っ込んだままだった。

「この部屋に若い女性がいたんですよ。わたしと会話したんですから。嘘じゃありません。そう、そこに居たんです」

保安責任者は何も言わなかった。ただ黙って、月光の差し込む部屋の中を歩き、ベランダのドアを開けて外を覗いた。そして、わざとらしいほとんど侮辱的な視線でガラスの手すりを眺め回した。ガラスは月の下で怪しく光り、海水のしぶきを浴びて多少曇ってはいたものの、汚れのようなものは一切なかった。

「その女性はそこに居たんです」

焦っていて、ヒステリーっぽい自分の声を聞くのも嫌だったが、わたしは同じ言葉を繰り返した。

「どうして信じてくれないんですか⁉」

「信じないなんて言ってませんよ」

保安責任者は部屋に戻ってきて、ベランダのドアに鍵を掛けた。それからわたしと一緒に第10客室を出ると、ドアに鍵を掛けた。

「そこをロックする必要なんてないんじゃないですか?」

わたしは皮肉っぽく言った。わたしの部屋のドアには鍵を掛けなかったので、そのまま二人で中に入った。

「何度も言うけど、彼女はあの部屋にいたんです。わたしに貸してくれたんです。あっ、そうだ!」

わたしは思いついてバスルームへ駆け出した。

〈彼女はマスカラを貸してくれたんだ。あれをどこへ置いたんだっけ?〉

綺麗に揃えてある化粧品をかき回したが、マスカラはなかった。

〈どこへ行ったんだろう? ここにあったのに〉

わたしは必死だった。

「ここにあったのをちゃんと覚えている」

夢中で周囲を見回すと、何かが目に留まった。洗面台の横の出し入れできる鏡に映っていたのはピンクの小物だった。引っ張り出してみると、それがマスカラだった。グリーンのキャップのついたピンクの容器。

「ほら、これですよ」

わたしは勝ち誇ったようにマスカラを保安責任者の目の前へ突き出した。

保安責任者は一歩下がってからマスカラを丁寧に受け取った。

「なるほど」

と言ってから、彼はつづけた。

「正直に言って、これが何を証明するのでしょう？　今日誰かから借りたというのはそうなんでしょうが」

「何を証明するかって？　その女性が第10客室にいたことを証明しているんじゃないですか！　彼女がちゃんと生存していたことを」

「あなたがその女性を見たと言うのを証明しているかもしれませんけど——結局あなたは何が言いたいんですか？」

わたしはむかっ腹を立てて相手を制した。

「わたしに何を言えって言うんですか？　わたしは聞こえたことと見たことを、ありのままに言っただけです。第10客室に女性がいた。そして、その女性が消えたんです。四の五の言わないで、乗客名簿を見たらどうです？　客が一人消えたというのに、どうしてもっと心配しないんですか？」

「あの客室は空室なんです」

「知ってますよ！　今一緒に見たじゃないですか！」

わたしは思わず怒鳴ってしまった。しかし、保安責任者の表情を見て、最大限の努力を払い、普通の口調に戻して言った。

「いま言おうとしたんですが、そこのところがわたしにも不思議なんですよ」

「違うんです、ブラックロックさん」

保安責任者の口調は相変わらず丁寧だった。

「初めに説明しておけばよかったんですが――」

反論も証明もできない大男は、優しい口調で続けた。

「あの客室はもともとカラッポなんです。現在宿泊予定客もいないし、今まで使われたこともありません」

第11章　いら立ち

第10客室に乗船予定だった資産家E・ソールズベリー

わたしは口をポカンと開けて保安責任者を見つめた。

「どういうことですか？」

ようやく口が利けるほどわたしは混乱していた。

「宿泊客がいないって、どういうことなんですか？」

わたしの質問に対して、保安責任者は答えた。

「あの客室はE・ソールズベリーという名の資産家が予約していました。ところが、出帆直前に取り消されたんです。何か都合が合わなかったんでしょう」

「では、わたしが会った、あの若い女性は第10客室の客ではなかった――？」

「多分、わたしどものスタッフの一人か、清掃担当の女性だったのでは」

「そんなはずはありません。彼女は私服でしたから。あそこに泊まっていた客じゃなかったら変です」

保安責任者は何も言わなかった。言う必要もなかった。疑問点は明らかだった。もしその女性が第10客室に泊まっていたのなら、私物が一つも残っていないのはどうしてなのか！

「誰かが片づけたのかも」

弱気がわたしの声に表れていた。

「わたしが女性が沈むのを見た時から、あなたが来るまでの間に」

「そうですかね？」

保安責任者の声は静かで、質問も、疑ぐりやあざけりを感じさせるものではなかった。ただ、訳がわからないと言いたげな口ぶりだった。

保安責任者はソファに腰を下ろした。巨体の重みでソファがきしんだ。わたしはベッドに腰掛け、両手に顔を埋めた。保安責任者の言う通りだった。そんな短時間で誰かが部屋を片付けるなんて不可能だからだ。ベランダで目撃して、電話して、保安責任者がドアの前に立つまでに、いったい何分が経過したと言うのか。いいとこ、六分か七分か、それ以下かもしれない。誰がその場にいたにしろ、手すりの血痕を拭き取る時間はあったのだろう。しかし、それだけでもう手一杯なはずだ。そんな短時間で客室全体をカラにするなんて、誰にできる？　こまごました私物をどうやって片付けられる？　部屋を片付けたら隣のわたしにも音が聞こえるだろうし、それをまとめる時間も、廊下に出す時間もなかったはずだ。

「クソッ！」

わたしは顔を両手で覆ったまま、とうとうそんな言葉を吐いてしまった。

「クソッ！」

「ブラックロックさん」

保安責任者の優しい呼びかけに、むしろ不吉なものを予感した。案の定、次の質問は、わたしが一番嫌がることに触れていた。

「ブラックロックさん、昨日はどれくらい飲んだんですか？」

わたしは開き直って顔を上げた。化粧も落としていない、寝不足で目を腫らした顔を見せてやるためだった。

「なんておっしゃいました？」

「お聞きしたかったのは――」

否定してもしょうがない。話を繕っても、無理だ。昨日の夕食会での振る舞いは大勢の人たちに見られている。シャンパングラスを飲み干した後は、ワイン、アフターディナーショット。シラフなんて言葉を口にするのは、わたしにとっては一番の恥だった。

「ええ、飲んでましたよ。それが？」

わたしは嫌味たっぷりに言った。

「でも、わたしのことを、グラス半分のワインで空想と現実の区別がつかなくなる下戸だと思うなら、ぜんぜん別の次元の話をしなければならなくなりますよ」

わたしの強弁に対して保安責任者は何も言わなかったが、彼の視線の先にあったのは、ミニバーの横に並んだ空き瓶の列だった。ウィスキーや、ジンの小瓶に混ざって、相当量のトニックの小山があった。

沈黙が流れた。保安責任者はあえて自説を披露しなかった。その必要もなかった。状況ですべてを物語っていた。それで、わたしはさらにむかっ腹を立てた。

〈よりによって、なぜこれを片付けなかったんだ！　極悪清掃人たちめ！〉

「飲んではいましたよ」

わたしはそう言いながら、証言を信じてもらえない悔しさで歯がカチカチと鳴った。

「でも、訳が分からなくなるほど酔っ払ってなんかいなかった。何を見たのか、ちゃんと覚えてますよ。どうしてわたしがこんな話をでっち上げる必要があるんですか？」

保安責任者は、わたしのこの主張はわかったらしく、一応うなずいた。

「そうですよね、ブラックロックさん」

保安責任者は両手で顔をこすった。すると、伸びた無精ひげが擦れる音が聞こえた。その時、彼の上着のボタンが掛け違っているのが見えた。

「もう遅いし、あなたも疲れているでしょうから――」

「疲れているのはあなたの方でしょ！」

わたしは思いっきり皮肉を込めて言い返した。それを聞いて彼はすまなそうにうなずいた。

「はい、疲れています。今はこれ以上やっても何も得られません。朝まで待つしかないでしょう」

「女性が一人海に投げ込まれたんですよ！」

「証拠がありませんね」

彼の声はわたしを黙らせるのに十分なほど大きかった。そして、初めてうんざりした口調になっていた。

「そんな訳ですから、悪いけど、ブラックロックさん」

彼は元の落ち着いた口調に戻ってつづけた。

「おっしゃることに逆らう訳じゃないけど、今の時点で、乗客みんなを起こすだけの十分な証拠はありませんね。わたしたちも少し睡眠を取りましょう――」

それであなたも夢が覚めるでしょう――と、言いたいのが、彼の本音だろう――。

「そして朝になったら、問題解決に取り組みましょう。多分、客室乗務員だけじゃなく、乗組員全員に引き合わせますよ。それで、その女性が誰だか分かるかもしれません。そしたら、第10客室であなたが会った女性は乗客ではないという立派な証拠になると思うんです」

「彼女は夕食会には来ていませんでした」

わたしはその点は自信を持って言えた。

「でもその女性が乗組員だったらどうなるんです？　もし誰かが行方不明になっていた場合、いまわたしたちが寝たら、その分手遅れになってしまうと思いません？」

「船長と事務長にはすぐ報告しておきますよ。でも、正体不明の乗組員なんて一人もいませんよ。そのことはわたしが一番よく知っています。そんな者がいたら誰かが気付くはずです。オーロラ号は小さな船ですから、乗組員同士の結びつきは固く、誰にも気付かれずにいなくなるなんて不可能です。たとえそれが数時間でも」

「わたしが思うに——」

わたしは話そうとしたが、保安責任者に丁寧にだが、はっきりとあしらわれた。

「ブラックロックさん、正当な理由なく睡眠中のスタッフや乗客を起こすわけにはいきません。すみません。とりあえず、船長と事務長にはことの次第を説明しておきます。彼らが適切な手段を講じてくれるでしょう。それとは別に、その若い女性の人相と姿形を詳しく話してくれますか。わたしは乗客名簿をダブルチェックするし、客室乗務員と乗組員の中からそれらしい女性を探して、明日の朝、朝食の後に従業員用レストランに集合させておきます」

「いいでしょう」

わたしはあっさり同意した。こっちの負けだ。この耳で聞き、この目で見たのだから、自分の中で疑念などない。しかし、保安責任者は意思を変えそうにない。これ以上、海の上でわたしに何ができるというのだ。

「それで」

と、彼はせかすように続けた。

「年齢はいくつぐらい？　背の高さは？　白人？　それとも黒人？……」

「二十代半ば——」

わたしは答えた。

「——背丈はわたしと同じくらいで、白人。でも血色が悪く、英語は……」

「どんな訛り？」

保安責任者が口を挟んだので、わたしは首を振って否定した。

「彼女は英国人のはず。でなかったら、完全なバイリンガルでしょうね。長い黒髪で、目の色はダークブラウンだったと思うけど、確かじゃない。細身で、かなりの美人だった。思い出せるのはそんなところね」

「美人だった？」

「ええ、美人でした。スタイルもいいし、肌も綺麗で、化粧もしていました。特に、目の周りの化粧が厚かった記憶があります。ああ、そうそう。ピンクフロイドのTシャツを着ていました」

保安責任者は真剣にメモっていた。それが済んで立ち上がると、ソファがギュッと鳴った。彼の重さに対する文句か、助かったと喜んでいるのか。

「サンキュー、ミス・ブラックロック。お互い少し眠りましょう」

保安責任者は顔をこすった。まるで、冬眠から覚めたばかりの金髪の熊みたいだった。

「明日は何時に会いましょうか？」

わたしの質問に彼は即答した。

「何時がいいですか？　十時？　十時半？」

「どうしようかな、今夜みたいに興奮すると、わたし、眠れなくなっちゃうんです。だから、今は寝ないで朝が来るのを待ったほうがいいかな」

「わたしのシフトは八時からなんです。それでは早すぎますか？」

「いいえ、八時で結構です」

はっきり言うわたしの言葉を聞いて、保安責任者はあくびをしながらドアへ向かった。彼が廊下に出て階段へ向かうのを見送ってから、わたしはドアに鍵を掛けた。それから、ベッドへ行って横になり、海を眺めた。月明かりの下、海面は黒くなめらかで、大きなうねりがクジラの背のように盛り上がっては沈み、船はそれにつれて浮き沈みしていた。

原因はパニック障害にあるのだろう。こんな時のわたしは眠れない。血が騒いでいる間は決して眠れない。心臓が早鐘を打ち、リラックスすらできない。

わたしはむかっ腹が立って仕方なかった。なぜなのか、自分でもはっきりしなかった。

いや、はっきりしていた。若い女性が暗く冷たい北海に投げ込まれ、結局永遠に見つからないのだろう。そのことに腹が立つのは当然だが、それだけではない。ずっと小さなことだが、保安責任者がわたしの話を信じてくれない。むしろ、その方が苛立たしい。

〈もしかしたら、保安責任者の方が正しいのかも〉

わたしの頭の中の嫌な部分がそう囁く。さまざまな場面が脳裏をよぎる。ドアが風で閉まったのに、バスルームの中で怯える。侵入者だと思い込んで、ボーイフレンドのジュードを電気スタンドで殴ってしまう。わたしは目撃者として本当に信頼できるのか？　暗いベランダで見たことは、本当にあったことなのだろうか。自信がぐらつき始めた。

血痕は確かにあった。わたしは改めて自分に言い聞かせた。若い女性が一人行方不明になっている。このことを解明しなくてはいけない。

わたしはベッドの照明を消し、布団に潜ったものの、眠らなかった。その代わりに、横になったまま海を眺めた――風防ガラスの船窓の外の催眠的な無音のうねり――この船の中に殺人者がいる。そのことを知っているのはわたし一人だけ――考えないようにしても考えてしまう。

第12章　隊列を組んだ女性たち

専門職のスタッフ、ハンニ、ブリジッタ
エバ、ウッラ、オットー

「ブラックロックさん！」

ノックが再び始まった。カードキーがスロットに差し込まれる音が聞こえた。ドアがばたんと開けられたが、一センチしか開かず、ドアチェーンがピンと張った。

「ブラックロックさん、保安責任者のヨハン・ニールセンです。もう時間ですけど、大丈夫ですか？　八時にお邪魔するよう言われてましたから」

なんだって！　わたしは頑張ってなんとか肘をついて顔を上げることができた。なぜ朝っぱらから来てくれなんて頼んだんだ！

「ちょっと待って！」

それだけはなんとか言えた。喉が灰を飲み込んだように渇いていた。寝ながら手を伸ばして水の入ったグラスを掴み、一口飲むと、昨日の夜のことがどっと蘇った。

わたしの目を覚まさせた、夜中の物音。

手すりのガラスに付いた血痕。

水しぶき。

波間に沈む人体。

わたしは脚を振り回してベッドからすべり降り、フロアに立った。船の浮き沈みが足に伝わり、突然激しい吐き気に襲われた。しかたなくバスルームへ駆け込み、昨日のご馳走のほぼ全てを戻した。

「ブラックロックさん」

〈うるさい！　放っておいて！〉

叫んだつもりが、言葉が口から出なかった。でも戻している音を耳にして理解したのか、ドアは静かに閉まった。わたしの外見は目も当てられないほど酷かった。アイメイクの墨が頬に垂れ、髪の毛はボサボサ、目の中も周囲も充血して赤く染まり、全体の印象がお化けみたいなところに、まだ癒えない頬の傷が加わった。わたしはガウンを羽織り、部屋に戻ってドアを少し開けた。

「シャワーを浴びているところ」

わたしはぶっきらぼうに言った。

「ドアの外で少し待ってもらえます？」

そう言い捨ててドアを閉めた。バスルームに戻ったわたしはトイレを流し、便器のへりを拭いて吐いた痕跡を消した。

鏡に向かって化粧直しをしていて気づいたのは、血色の悪い荒れ放題の顔ではなく、洗面台の横にちょこんと立っているマスカラのチューブだった。大波を受けて船が揺れるたびに棚の上のもの全てがぐらついた。その際マスカラが台から落ち、ちょうどそこにあったゴミ箱に入ってしまった。わたしは腰をかがめ、手をゴミ箱に突っ込んでマスカラをすくい上げることができた。

このマスカラは例の女性が存在したという、確かな証拠品なのだ。また、わたしの訴えが妄想ではないことを証明するものでもある。

十分後、わたしはジーンズにピチッとした白いシャツ——荷ほどきした時、誰かがアイロンをかけてくれた——を着て、顔色は悪かったが、きちんとした姿でドアを開けた。

保安責任者のニールセンが辛抱強く待っていてくれた。彼は携帯で誰かと話していたが、わたしの顔を見て通話を切った。

「すみません、ブラックロックさん。こんなに早く起こすべきではないと思ったのですが、昨晩あなたがオーケーしてくれたので」

「いいんです」

わたしは歯をカチカチさせながら言った。つっけんどんに言うつもりはなかったが、長く喋るとまた妄想狂扱いされそうで、必要最小限の言葉で締めた。

「みんなに話しておきました」

保安責任者は説明した。

「行方不明者はないとのことです。でも、あなたが乗組員休憩所に行かれて、直接ご自分の目でその女性がいるかどうか確かめたらいいですよ。そしたら、あなたの気が済むでしょうから」

わたしは保安責任者の説明が気に入らなかった。〝あなたの気が済む〟の文言がひっかかった。それに、清掃員や客室乗務員なら制服を着ているはずなのに、わたしが会った女性はピンクフロイドのTシャツを着ていた。だから、彼女は乗客だと初めから断言しているのに、保安責任者が船上スタッフにこだわっている点で、彼の言っていることとわたしの目撃報告が嚙み合わなかった。

しかし、わたしは考え直した。デッキの下の乗組員専用区域をこの目で見ておいてもいいのでは、と。

保安責任者の後について下り勾配の廊下を歩き、六ケタの暗号コードを打ち込まないと開かないドアをかいくぐって進んだ。なんとなく気が重くなったのは、喫水線《きっすいせん》より下へ来たのではと感じた時だった。廊下の狭さをはじめ、全てが乗客専用区域とは違っていた。天井は低く、室温は二、三度高く、壁の色も陰気なベージュだった。照明は裸の蛍光灯で、たえずチカチカして、目がすぐ疲れそうだった。

「ここです」

保安責任者は振り返ってドアを指差した。ドアには(スタッフ集合所)の表示があった。中に入ると、とりあえず部屋は大きかった。閉所恐怖症に取り憑かれるのではと心配していたが、一応それは収まった。ここの天井も低く、窓もなかったが、ダイニングルームと接続しているため、病院内のレストランのような雰囲気があった。表面が耐熱加工され、金属の枠がついた六人掛けのテーブルが三脚あるだけの小さなスペースで、よどんだ調理臭のきつさは、ひとデッキ上のレストランとは異質だった。

客室乗務員長のカミラ・リッドマンが一人でテーブルにつき、コーヒーを飲みながらラップトップの画面とにらめっこしていた。別のところでは、五人の女性がテーブルを囲み、朝食用のペストリーを食べていた。

わたしたちが入っていくと、五人は一斉に顔を上げた。

「ヘイ、ヨハン!」

一人が保安責任者に呼びかけたが、スウェーデン語かオランダ語だったのでわたしには意味不明だった。

「みんな! 英語で話そう!」

保安責任者がダイニングルームを見回して言った。

「ここにいらっしゃるのは、乗客のブラックロックさんです。彼女は第10客室で会った女性を探しています。その女性は欧米系で、髪は長くて黒く、二十代後半か三十代で、完璧な英語を話すそうです」

「わたしとブリジッタが当てはまるかしら?」

五人の中の二人が笑顔でうなずき合った。

「わたしの名前はハンニ。でも第10客室には入ったことないわ。いつもバーの内側で働いているから。ブリジッタは？」

二人の会話を聞きながら、わたしは首を横に振っていた。確かに二人とも髪が長く白人だが、第10客室の女性とは全く違っていた。ハンニの英語は流暢だが、スカンジナビアの訛りが強かった。

「わたしはカーラです」

二人いた金髪女性の一人が自己紹介した。

「ご存知ですよね？　昨晩電話で会話しましたから」

「もちろん覚えてますよ」

即答したものの、わたしはみんなの顔をあらためるのに忙しくて、カーラには関心が向かなかった。そのカーラと四番目の女性がブロンドで、五番目は地中海風の短髪だった。そんなことよりも、五人ともわたしの記憶に生々しい第10客室の女性とは似ても似つかなかった。

「皆さんではありません」

わたしは全員に向かって言った。

「特徴と整合する人は知りませんか？　清掃員とか乗組員とかにいませんかね？」

ブリジッタが顔をしかめ、何事かスウェーデン語でハンニに話しかけた。ハンニは英語でわたしに話しかけた。

「乗組員はほとんど男性で、女性は一人だけいるけど、彼女は赤毛で四十代。清掃員のイオナは特徴が合致するけど、彼女はポーランド人よ」

昨晩電話で話したカーラがにっこりして立ち上がった。

「わたしが行って連れてきます」

「エバがいるじゃないか」

保安責任者が何か思い当たって言った。

「エバはスパのセラピストなんですけど」

と、保安責任者はわたしに向かって付け加えた。

「彼女は今スパにいるはずですよ」

保安責任者の説明にハンニが最新情報を追加した。

「エバは今仕事の準備中です。でも、彼女は三十代後半、多分四十代だと思いますけど」

「ここが済んだらスパへ行って確認しよう」

そう言う保安責任者に向かって、短髪カットの女性が初めて声を上げた。

「ウッラのことも忘れないで」

「ああ、分かってる。ウッラは今日は当番かな？」

ウッラは船首部を受け持つ客室乗務員だが、セラピストとしても働いている、と保安責任者がわたしに教えてくれた。

「ブラックロックさま」

後ろから呼ばれたので振り返ってみると、カーラが同僚を連れて戻ってきていた。背の低い、ずんぐりした四十代くらいの女性で、黒髪だが、髪の根元が白いのを見れば染めているのが一目瞭然だった。

「イオナです。何か問題なんですか？」

イオナはポーランド訛りのブロークンな英語で応えた。

「どんなことでも協力しますけど」

〝あなたはわたしが会った女性ではない〟と直接彼女に言うかわりに、わたしは言った。

「わたしが捜している女性はいま深刻なトラブルに巻き込まれているの。何か盗まれたというような単純なことではなく、もっともっと心配なこと」

わたしは余計な説明は省き、一番言いたいことを言った。

「実は叫び声を聞いたんです」

「叫び声⁉」

ハンニの細い眉毛が前髪の中に隠れると同時に、彼女はカーラと視線を交わした。カーラが何か言おうと口を開いた時、後ろから客室乗務員長のカミラ・リッドマンが初めて声を上げた。

「わたしたちの中にはあなたの探している女性はいませんよ、ブラックロックさま」

客室乗務員長はテーブルの側まで進み出てきて、一番近くにいる女性の肩に手を置いた。

「わたしたちの中に何か怪しいことがあったら、わたしたちは——そのう、なんと言うか——とても団結が強いんです」

「そうですよ」

カーラが同調して言い、カミラに視線を送った。その後は全員の視線がわたしに向いた。

「わたしたちは仕事に満足していますから、幸せなんです」

「それは良かったわね」

ここにいる女性たちから何か情報が得られる可能性はなさそうだった。叫び声を聞いた件を持ち出したのはまずかったかも。彼女たちはわたしに対して隊列を組んでしまった。

「わかりました。これからスパへ行って、二人の女性に会ってきます。みなさん、話を聞いてくれてありがとう。もし何か新しい情報があったら、わたしは第9客室にいますから、そちらに来てください。いつでも構いません」

「わたしたちは何も聞いていません！」

と、ハンニがきっぱり言ってから続けた。

「でも、何かあったら必ずお伝えします。今日一日、良い日でありますように」

「ありがとう」

と言って背を向けた時、船が大きく傾いた。女性たちは悲鳴をあげたり笑ったりしながらコーヒーがこぼれないようカップを押さえていた。わたしもふらついて、保安責任者に腕を支えられなかったら転んでしまうところだった。

「おっと危ない、大丈夫ですか、ブラックロックさん？」

わたしはうなずいたが、保安責任者の力が強すぎて、彼が手を離した後でも腕が痛かった。保安責任者がそうとも知らずにつづけた。

「オーロラ号が小さな船で良かったとわたしはいつも思ってるんです。ただし、大波が来た時に今みたいに揺れるのが欠点ですけどね。でも、本当に大丈夫ですか？」

「大丈夫です」

と言ってわたしは腕をさすった。

「では一緒に行ってエバと話しましょう」

「その前に、キッチンに寄り道しますからね」

と保安責任者は手順を説明した。

「その後でスパへ行ってエバと話し、最後は朝食レストランで終わりです」

保安責任者は女性たちのリストを持っていた。

「これで大体全員で、残っているのは乗組員二名と客室乗務員二、三人だけど、最終的には全員に会いますよ」

「いいでしょう」

わたしはそっけなく答えた。実際のところ、この閉所恐怖症になりそうな狭い空間から一刻も早く逃げ出したかった。喫水線よりも下にいる実感も嫌だった。船が万一何かに衝突したら、真っ先に浸水するのはこの区域だ。深い海の中で口をパクパクさせながらもがき苦しむ自分を空想してしまう。そんなことも、この場所から逃げ出したい理由の一つだ。だが、ここで諦めてはいけない。諦めることは敗北を認めることであり、保安責任者に屈することでもある。

船が大波を受けて浮き沈みするのを感じながら、わたしは保安責任者の後について歩いた。料理の匂いがますます強くなった。ベーコンだの、油だの、クロワッサンだのの匂いに混じって、煮魚やグレービーや甘いものの匂いがした。口に唾が溜まった。ただし、良い意味ではなかった。船が再び大きく揺れると、胃の内容物も揺れて気分が悪かった。

〝そろそろ戻りましょう〟と保安責任者に言いかけた時、彼は鉄のドアを押し開けた。白いコック帽をかぶった男たちが一斉にこちらを向き、保安責任者の後ろにわたしがいるのを見て驚いていた。

「ヘイ、アラ！」

保安責任者がスウェーデン語で呼びかけ、わたしを振り返って言った。

「上のデッキでは誰でも英語が話せるけど、ここのコックさんたちは英語がダメなんだ。だから、我々がどうしてここへ来たかスウェーデン語で話すけど、あしからず」

にこやかなコックたちの一人がわたしに近づいて来て手を差し出した。

「こんにちは、ブラックロックさん」

そのコックは流暢な英語で話した。

「わたしの名はオットー。ここで料理長をしています。うちのスタッフは英語が話せませんけど、あなたのご要望をわたしが通訳しますから、よろしく」

わたしはコックがラテックスの手袋をはめているのを見て、何も答えられなくなってしまった。

オットーと自己紹介したそのコックはわたしの視線を気にして自分の手を見て笑った。

「ごめん、ごめん。まだこんなものをしたままで。調理中だったので、お許しを」

と言いながら彼は左手で右手の手袋を外し、それを物入れに投げ込むと、わたしの手を握り直した。固く、力強い握手だった。

「わたし、いま、ある女性を捜しているんです」

ぶっきらぼうだとわかっていながら、わたしはそれ以上ていねいに聞けなかった。

「黒髪で、わたしと同じぐらいの年齢で、色白の美人。完全な英語を話していました。だから、英国人か、バイリンガルだと思います」

「残念ですが……」

コック長は本当に残念そうに答えた。

「わたしのスタッフにはそれに適合する人間はいないな。でも、中に入ってご自分で捜してくれていいですよ。女性スタッフは二人いますけど、どちらも英語が話せません」

わたしは首を傾げてコック長が指差した二人の女性の顔を覗いた。コック長の言う通りだった。二人とも、わたしが捜している女性とは似ても似つかなかった。

「お邪魔してすみませんでした」

と、わたしが言うと、保安責任者も口をそろえた。

「ありがとう、オットー」

それから彼は何かスウェーデン語で言うと、コック長は出腹を揺すって笑い、やはりスウェーデン語で言い返した。すると保安責任者も大きなお腹を揺すって大笑いした。

わたしたちは上のデッキに通じる階段まで来た。わたしは手すりを掴み、保安責任者の大きな背中に続いてゆっくり登っていった。保安責任者は客用フロアと仕事用フロアを隔てるドアを開け、わたしが出るのを確認してからドアに鍵をかけ、わたしに向き直ってこう言った。

「うまくいかなくて申し訳ない。二人のうち、どちらかがあなたの探している女性かと思ってたんですが――そしたらあなたの気が収まるかと――」

「それよりも――」

わたしは言いかけたが、頬の傷が気になり顔をさすった。

「まあエバに会って確かめてみよう」

保安責任者は決意を固めているようで、さらなる階段へわたしを導いた。船は大波を受けて激しく浮き沈みした。わたしは口に溜まる唾を何度も飲み込んだ。冷たい汗が背筋に沿ってポタポタと落ちるのがわかった。

そんな中で、突然迷いが頭をもたげる。こんなことをしているよりも、部屋に戻って航海予定をもう一度読み直して、ベロシティ誌に戻ってからローアン編集長の要求に応えられるようにしたほうがいいのでは、と。恐らく、ベンやティーナ、アレクサンダーやその他の招待ジャーナリストたちはすでにメモを用意したり、グーグルでバルマー男爵について調べたりして、要求される記事を書く用意がいつでもできているのでは、と焦りと迷いがわたしの行動を鈍らせる。

だが一方で、もし保安責任者がわたしの訴えを真面目に受け止めてくれるなら、この真相を突き止めるのもベロシティ誌のためになるのでは、とわたしは決意を新たにした。


上のデッキは、空気の汚れた下の船内とはなんという違い！　スパは四辺がガラスで囲われた、清潔感あふれる癒しの空間だった。われわれの捜すエバはその受付にいた。保安責任者とわたしが入っていくと、四十代とおぼしき黒髪の美女が顔を上げた。

「ヨハン！」

美女は楽しそうな声をあげた。

「そして、こちらは？」

「ロー・ブラックロックさんです」

わたしは手を差し出してから、スタッフ専用区域の汚れた空気が心地良い潮風に消されていくのを感じていた。

「おはようございます、ミス・ブラックロック」

彼女は、にこやかにわたしの手を握った。骨張った手だったが、力は強かった。彼女の英語は第10客室にいた女性と同じくらい上手だった。しかし、彼女ではなかった。こちらの彼女、つまりエバは、日焼けした肌をよく手入れしているようだが、年齢はごまかせなかった。

「わたしに何かお手伝いできることでも?」

「いま人を捜してるんですけど」

わたしは手短に説明した。

「下のデッキで話した女性たちは、あなたではないかと言っていたんですけど、すみませんが、あなたではありません」

保安責任者は口を挟んだ。

「ブラックロックさんは昨晩隣の第10客室で、ある女性に会ったそうなんだ。二十代後半くらいで、色白の女性だが、夜遅く彼女の叫び声を聞いたとかで、とても心配しているんだ。もしかして乗船中の女性スタッフの一人ではないかとあちこちを尋ね歩いているわけなんだ」

「ごめんなさい、それはわたしじゃないわ」

エバは丁寧に言い、ハハハと笑ってからつづけた。

「わたしだって二十代の時もありました。でも、それはだいぶ前のことです。客室乗務員のみんなとは話しました？　ハンニもブリジッタも黒髪で、年齢もだいたいそんなところよ。ああ、そうそう、ウッラもね」

「うん、客室乗務員たちの意見もだいたい聞きました」

保安責任者が説明した。

「それで、これからウッラに会いに行くんです」

保安責任者の言葉をわたしがついだ。

「彼女は別に何か悪いことをしたわけじゃないんです。わたしが捜している女性のことですけど。ただ心配なだけなんです。もし誰かが彼女のことを知っているなら――」

「お役に立てなくてごめんなさい」

エバはわたしに向かって言った。そして、実際に申し訳なさそうな顔をした。会った女性たちの中でこんなに表情豊かな人はいなかった。綺麗に抜き取られた両眉毛の間に深いしわを寄せていた。

「ごめんなさいね、でも何か聞いたら……」

「ありがとう」

わたしは答えた。

「ありがとう、エバ」

保安責任者もそう言い、彼女に背を向けた。

「どういたしまして」

エバはわたしたち二人を出口で見送ってくれた。

「後でまたお会いするのを楽しみにしています」

「後で?」

「午前十一時です。乗客女性のスパ体験の時間です。皆さんのスケジュールになってますけど」

「では十一時に会いましょう」

わたしはスパを後にしながら、参加者に配られた今回の航海予定を詳しく読んでいないことに良心が痛んだ。きっと他にも知らずにいる予定があるのでは。スパを出てから、デッキへの出口を通ることになった。デッキのドアをわたしが開けようとすると、ドアは強風に煽られて、わたしの手を離れ、大きな音を立てて、そのまま閉まってしまった。それを見て、保安責任者がドアを開けてくれた。わたしはデッキに出るなり手すりにつかまり、ぶるっと震えた。

「寒いですか?」

保安責任者は風やエンジン音にかき消されないよう大きな声で叫んだ。わたしは首を横に振った。

「いいえ、寒いけど、新鮮な空気が吸いたいからこれでいいんです」

「体調は良くなりました?」

「ずいぶん良くなりましたけど、頭痛はまだしています」

冷たい手すりで体を支え、わたしは身を乗り出して船の側面を見下ろした。船尾に連なる客室のベランダとガラスの手すりが見えた。その下には、黒々とした海原が広がり、それを二分する航跡が見える。何百メートル、何千メートルの深さのこの黒い海へ、藻屑とともに吸い込まれ、何日間も暗い深みの中を漂い、ついには明かりの届かない海底に眠ることになるとは、何にしろ誰にしろ、いったい何の因果でそんなことになるのだろう。

現に、このわたしだって手すりに身を預けている今、誰かに——保安責任者にでも、エバにでも——背後から忍び寄られてひと突きされたら、簡単に落下してしまうだろう。

いったい何があったのか? 叫び声も、あの水しぶきの音も、わたしの想像などでは決してない。そんなことは有り得ない。それと、あの血痕。あれは、わたしがこの目で確かに見た!

北海の澄んだ空気を胸いっぱいに吸い込み、わたしは決意も新たに保安責任者に向き直った。そして、風で乱れた髪を手櫛で後ろにすいた。

「わたしたちは今どの辺にいるんですか？」

「トロンヘイム市に向かって、公海の中です」

「トロンヘイム？」

わたしは昨夜交わされた会話を思い出そうとした。確か船のオーナーのバルマー男爵は、最初の寄港地はベルゲン港だと言っていた。単なる予定の変更なのだろうか。男爵は乗客のみんなにオーロラを見せたがっていたから。気象条件がトロンヘイムを目指した方がオーロラを目撃できるチャンスが大きいと踏んだのではないか。だから今、北へ北へと向かっているんだ。それとも、天候の変化を見て船長がそう決めたのかも。この航海には決まった旅程というものがなく、乗客の要望に応じて変更できるらしい。もしかしたら昨夜トロンヘイムへ行きたいとごねた乗客がいたのかも。

「トロンヘイムには何があるんですか？」

「街そのものについて言うなら、有名な大聖堂があります。街の中心は美観区域になっていて、とても美しいです。何より珍しいのは、街全体がフィヨルドの上に建設されていることです。もちろんベルゲンよりもずっと北にありますから、オーロラが見られるチャンスは大きくなります。また、オーロラが目的なら、さらに北へ、ボーデとかトルムセ辺りへ行くべきでしょう。この時期オーロラが出現するかどうかは推測困難です」

保安責任者の話を聞いてわたしは不安になった。運航日程が定められた客船に乗っていながら、最終的な寄港地は自分以外の誰かに決められるわけだから、自分はなんの決定権もない観衆の一人ということになる。

「ミス・ブラックロック！」

「わたしをローと呼んでください」

「では、ロー、あなたを信じないわけではないんですが、この寒さで――」

「まだわたしが見たり聞いたりしたことは確かなのか、って言いたいんですか？」

不信を募らせて言うわたしに、なんと保安責任者はうなずいた。

昨晩のことは暗い中だったのでもしかしたら幻想かと自分でも思ってしまう中、保安責任者が言外ににおわす疑いや嫌みが、わたしの骨の髄にしみた。

わたしは上着のポケットの中で指を絡ませ信じてもらえるようにまじないをした。そして話し始めた。

「正直に言って、昨晩は遅かったし、あなたの言う通りわたしは酔っ払っていました。叫び声と水しぶきの音は聞き違いだったかもしれません。ガラスに付いていた血痕も、わたしは確かに見たと思っていますけど、光線のいたずらでそう見えたのかも。でもですよ、第10客室で会った女性はわたしの空想や幻想などでは絶対にありません。そんなこと、有り得ません。わたしはこの目で見て、この口で言葉を交わしたのですから。その女性がこの船に乗っていないとしたら、一体彼女はどこにいるんですか!?」

わたしたち二人の間に長い沈黙が流れた。

「まだウッラが残ってますよ」

保安責任者がようやく話し始めた。

「彼女はあなたの言う特徴と一致していないので、その女性でないのは確かですが、少なくとも会ってみたらいいですよ」

保安責任者は携帯を取り出して番号を押し始めた。

「コーヒーでも飲みながら彼女と話してみませんか？　よろしかったら、ウッラに朝食レストランに来るよう連絡してみます」

朝食レストランは昨晩夕食をとったレストランと同じだった。昨日あった大きなテーブル二つは六つの小テーブルに代わっていた。保安責任者がドアを開けると、そこには、トウモロコシ色の髪をした若いウェイター一人だけで、まだ誰も来ていなかった。若いウェイターはにっこりしてわたしに聞いた。

「いらっしゃいませ。ブラックロックさま、朝食を召し上がりますか？」

「ええ、お願いしようかしら」

　わたしはぼんやりそう答えながら辺りを見回した。

「どこに座ろうかな」

「どこでもお好きなところへ」

　ウェイターの案内でわたしは席に着いた。

「大半のお客様はご自分の部屋で朝食をとられます。窓際でね。食事の前に、コーヒーか紅茶でも召し上がりますか？」

「コーヒーをお願いします。ミルクも一緒に。ノンシュガーで」

「わたしにも一杯くれるかな？　ビヨルン」

　保安責任者は肩越しに大きな声をあげた。

「やあ、おはよう、ウッラ」

　わたしが振り返ると、広間を横切りこちらへ向かって歩いて来る、目が覚めるような美女がいた。頭の上で丸めた髪は黒かった。

「おはよう！　ヨハン」

　彼女の挨拶の一言がわたしの大きな期待をぶち壊した。とはいえ、わたしには彼女のアクセントを聞く前に分かっていた。美人には違いないが、その黒髪に対して、肌が白すぎる。まるで白磁のようだ。第10客室の女性は、美人だったが、それほどではなかった。ルネッサンス期の美人画に出て来るような、古典的な美女ではなかった。それに対してウッラは百八十センチはありそうな長身。だが、第10客室の女性はわたしと同じくらいの上背だった。保安責任者は可否を求めてわたしに顔を向けた。わたしは首を横に振った。

ウェイターがトレーにカップを二つ載せてやって来た。保安責任者が一口すすってから言った。

「一緒に一杯どうだ、ウッラ?」

「ありがとう」

彼女が首を振ると、重そうな巻き髪が頭の上でゆらゆらと揺れた。

「朝食はもう済ませたの。でも、テーブルはご一緒するわ」

彼女は椅子を引き、わたしたちに向かい合って座ると、笑顔を作って話題を待った。保安責任者は咳払いをしてから始めた。

「ミス・ブラックロック、こちらがウッラ。ウッラは船首部を担当する客室乗務員で、バルマー男爵夫妻と、投資家のヤンセン夫妻と、写真家のコールさんと、英国人投資家のオーウェン・ホワイト夫婦の世話を務めているんだ。ウッラ! こちらのブラックロックさんは、昨晩出会った女性を捜していて、彼女のことをとても心配されている。乗客名簿では彼女の存在が確認できないので、乗船スタッフの一人ではないかと思うんだ。ところが、これまでほぼ全員に会ってきたんだが、まだ見つからないんだ。ミス・ブラックロック、あなたが会ったその女性の特徴を、今ウッラに話してくれますか？」

わたしは大雑把に彼女の様子をウッラに話して聞かせた。もう百回も語っているような気がした。

「誰か心当たりはありませんか？」

自分の声が懇願調になっているのが分かった。

「そうね、わたしも黒髪だけど、その人じゃないから」

ウッラは照れ笑いをしてから続けた。

「断言はできないけど、ハンニも黒髪だし、ブリジッタも――」

「その人たちにはもう会いました」

わたしは相手を制して続けた。

「その二人は違います。他にいません？　清掃作業員とか、乗組員の中にでも」

「いえ、そういう女性は乗組員の中にはいないわ」

ウッラは首を傾げながらゆっくりと言った。

「スタッフの中にエバがいるけど、彼女は年齢が全然合わないわね。キッチンスタッフには当たってみました？」

「もういいです」

わたしは諦めた。こうしてスタッフにインタビューするのは悪夢を繰り返し見るようなものだった。その度に第10客室で会った黒髪の女性の記憶は歪み、崩れ、水のようにわたしの手のひらからこぼれていく。その記憶にしがみつこうとすればするほど、自分の記憶に自信が持てなくなる。

それでも、決して打ち消すことのできないものがいくつかある。もう一度、彼女に会ったらそれを指摘することができるだろう。外見の特徴ではない。彼女の見た目は全ての点で美人の範疇に入るが、それも皆常識を超えるものではなかった。黒髪にしても、ピンクフロイドのTシャツにしても、彼女らしさの本質を伝えるものではない。わたしの記憶の中で生き生きと残っているのは、彼女が見せた表情の変化だ。ドアを開け、廊下をのぞいた時の陽気で快活そうな顔、そのあとわたしに見せた驚きの表情。あの彼女が死んだなんて、本当にあり得るのだろうか。しかし、そうではないとしたら、彼女が被害者ではないとしたら、残る可能性は一つしかない。それが、最悪なのか、マシなのか、わたしはわからなかった。考えれば考えるほど、わたしは頭が変になりそうだった。

第13章　行方不明

わたしの朝食が運ばれてくると、保安責任者はウッラを連れて退席した。一人になったわたしは食事をしながら窓の外を眺めた。

海とデッキの風景の中にいて、気分はそれほど悪くなかった。かなりの量の朝食をなんとか平らげてしまうと、手足に力が戻ってきて、絶えずあった吐き気も消えていた。

それで気付いたのは、わたしの気分がいつも優れない理由の半分は、血液の中の糖分不足ではないのかと。そういえば、空腹を感じるたびにわたしはフラフラするし、頭もクラクラする。

朝食と海の眺めがわたしの体を慰めてくれた。それでも、頭の中は昨日の出来事のあれやこれやを思い返していた――彼女と交わした会話の一言一言、彼女の驚いた顔、マスカラをわたしの手に押し付けた時のイライラした態度。裏で何らかのストーリーが進行中のようだった。わたしは直感的にそう思った。まるで、映画の中に半分入って、誰が何の役をやっているのか当てようと、もがいているような瞬間だった。彼女が何かしようとしていたのを、わたしが邪魔したらしかった。しかし、彼女が何をしようとしていたのか、それは分からない。それが何であっても、おそらく、彼女の失踪と関係があるのでは。そして、保安責任者がそれは清掃員かもしれないとほのめかしたりするが、そんなことはありえない。腰の絞れたピンクフロイドのTシャツを着て掃除するスタッフなどいるはずがない。それよりも何よりも、彼女のルックスが、清掃員には似つかわしくない。清掃員の給料では、あんな髪形やネイルの飾りはできない。黒髪のあのツヤは長期間のコンディショニングを物語っている。産業スパイ？　密航者？　情事？　写真家のコールが妻のことを話した時の怪しい目の光が思い出される。また、客室乗務員長のカミラは、下層階では何事も起きていないことを力説していた。保安責任者の腕力も気になる。しかし、どれも現実にはありそうもない。やはり、彼女の妙な態度と失踪に鍵がありそうだ。

わたしを困らせるのは彼女の顔だった。記憶を新たにしようとすればするほど特徴がぼやけていく。しかし決してぼやけないものもある。それは背丈、髪の色、爪の飾り。これらははっきりしている。しかし、顔の特徴――綺麗な鼻の線、細くて濃い眉毛など――具体的にどうだったと言えなくなっている。ありえないことならはっきり言えるのに――年をとっているとか、太っちょだとか、顔にニキビ痕が残っているだとか。彼女の特徴を考え合わせてみると、口の形も大きさも、小鼻の形も、全てが標準だったと思えてくる。妙だが、わたしの特徴と混じってしまう。

保安責任者が何を望んでいるのか、わたしには分かる。わたしに全てを忘れて欲しいのだ。悲鳴も、ベランダのドアの静かに開く音も。そして、何よりも、あの巨大な水しぶきの音。わたしがそれら全てを忘れれば、難題が吹き飛んで彼にとっては好都合なのだ。わたしが自分の見解を疑えばいいのだ。少し頭がおかしいということになるのが一番いいのだろう。わたしが自分を疑い、自分の思考に難があることを認めるのが、保安責任者の望むところなのだ。

わたしの内心のある部分は保安責任者を決して非難していない。それは、オーロラ号は処女航海であり、ジャーナリストや写真家や、社会的影響力のある人物が大勢乗っている

中で、妙なことが起きたら大騒ぎになる。新聞の見出しが頭に浮かぶからだろう。〈死の航海。記者招待の旅で、贅沢旅客が水死〉

船上保安の責任者として、彼のクビがかかっているのだ。処女航海中に何かあったら、彼が保安に携わっているだけに、クビだけでは済まないだろう。それよりも、説明できない死ともなれば、マスコミが騒ぎ立て、会社の信用がガタ落ちになるのは避けて通れない。そんな事態になったら、客商売が始まる前にオーロラ号は社会的に沈没させられる。その時は、船長から清掃員のイオナに至るまで、船で働く者全員がクビになる。

わたしにはよく分かる。

わたしはこの耳で聞いた。わたしを眠りから覚まさせ、一分間に二百回も心臓を鼓動させた何かを。

わたしの手のひらは汗でびっしょり濡れ、近くで女性が命の危機に瀕していると直感した。その女性の恐れがわがことのように感じられた。か弱い女性にとって、命にしがみつくのがいかに難しいことか、安全のための厚い壁が、いざとなると紙っぺらのように薄いことが、強盗に入られた経験のあるわたしにはよく分かる。

保安責任者が何を言おうと、あの女性が無事なら、彼女は今どこにいるのだ？　悲鳴や血痕が、百歩譲ってわたしの幻想だとしても、あの女性の存在だけは空想などではない。

あの女性は救いの手も得られずに、空中にでも消えたと言うのか？

　昨日のアイメイクの残りが気持ち悪かったので、わたしは目を拭った。それで、彼女の存在がわたしの幻想などでは決してないという決定的証拠を思い出した。それは例のマスカラだ。

　自分の訴えの正しいことを証明するためのアイデアが頭に浮かんでは消えていく。あのマスカラをビニールバッグに入れて持ち帰り、指紋を調べてもらおう。いや、それよりもDNAテストをしてもらったほうが効果的では。そういえば、メーキャップブラシのDNAテストが成功した例もあったはずだ。しかし、ビニール袋に入れたマスカラを、クラウチエンドの警察署に持って行って、最新の科学分析を頼んだところで、笑い飛ばされるのが関の山だろう。でも、誰かに信じてもらわなくては。

　誰も助けてくれないときは、自分の費用でやろう。

　そこで、携帯を取り出し、グーグルでDNAテストにかかる費用を調べようとした。しかし、ロックを解除する前に、それがバカバカしいことに気づいた。浮気調査専門のネット会社に、警察レベルのDNA検査など期待できるはずもなかった。無駄なことはやらないほうがいい。

　代わりにわたしはEメールをチェックすることにした。ジュードからは何も来ていなかった、というよりは、誰からも来ていなかった。受信もなかった。でも船のWi-Fiに繋がっているようなので、強引に更新してみたが、何も起きなかった。

わたしはため息をつき、携帯をポケットにほうり込んで、皿の中のフルーツゼリーをつつくことにした。パンケーキは美味しかった。けど、わたしの食欲はすでに失せていた。

わたしは殺人を目撃した――超現実的というしかない――少なくとも、その現場の音を聞いた。なのにわたしはパンケーキを口に運び、コーヒーを飲んでいる。その間殺人者はこの船の中を自由に歩き回っている。これこそ、超現実的といわずになんと呼ぶ。

殺人者、または殺人者たちは自分たちの立てた物音が現場で聞かれたことを知っているのだろうか。そして、それをわたしが騒ぎ立てているのを知っているのだろうか。事の次第が保安責任者に報告されていることを知っているのだろうか。昨夜の時点では知らなかったかもしれないが、今はもう聞き及んでいるだろう。

舷側に大きな波を受けて船が揺れた。わたしはトレーを押しのけ、腰を浮かした。

「他に何かご用意しましょうか?」

いきなり後ろから声を掛けられたので、わたしはびっくりして振り返った。ウェイターのビヨルンは一体どこから出てきたのだろう? もしかしたら、ドアの陰からわたしの動きを監視していたのでは? わたしは首を横に振り、何とか作り笑いをしながら揺れる床の上を出口に向かって歩いた。

「色々ありがとう、ビヨルン」

「今朝の調子はいかがですか？　何か計画されました？　もしまだでしたら、デッキにあるホットタブをお勧めします。見晴らしが最高ですよ」

わたしが一人でバスタブに入っているシーンが頭に浮かぶ。そこに忍び寄る男。ラテックスの手袋をした男の手がわたしを海に突き落とす。

わたしはウェイターに向かってもう一度首を横に振った。

「スパに行く予定になっているんだけど、部屋に戻って少し横になるわ。昨日の夜はあまり寝ていないので」

「少しアラアラですね」

「アラアラ？」

「休んでリラックスすることです」

「ああ、そうでしたね」

わたしはスウェーデン語をほとんど知らないのが恥ずかしかった。

「休んでリラックスします。今言ったように、とても疲れているので」

ドアまで来て、わたしは全身に鳥肌が立った。この会話ももしかしたらスパイされているのか。

「それではゆっくりお休みください」

「そうするわ」

わたしが向きを変えて出ようとしたとき、疲れきった顔の元彼ベンにぶち当たった。

「ロー！」

「ベン！」

「昨晩は――」

決まり悪そうに話す彼に、わたしは首を横に振った。二人だけの会話を、若いウェイターに聞かれたくなかった。

「その話は後で」

わたしはつっけんどんに言った。

「二人とも酔っていたし――あなたは今起きたばかりなの？」

「そうなんだ」

と言って彼は大きなあくびをした。

「きみの部屋を出てすぐ冒険旅行家のアーチャーにつかまって、結局投資家のラースやバルマー男爵とポーカーをやることになって――」

「へえ、それで何時に寝たの?」

「神のみぞ知る——四時ごろかな?」

「ということは」

と言いかけてわたしはやめた。保安責任者はわたしの話を信じていない。そのためか、わたし自身が自分を疑い始めている。その微妙なところを自分でもはっきりさせたい。ベンならわたしを信じてくれるのでは。わたしの記憶を補強してくれるのでは。

わたしはベンと一緒にいた時間を思い出そうとした。どんな別れ方をしたか考えてみた。ところが急に自信がなくなって、話題を変えることにした。

「いいの。気にしなくて。後で話すから。朝食はもうとったの?」

「それよりも、きみは大丈夫か? ひどい顔をしているぞ」

「大丈夫よ、心配してくれてありがとう」

「いや、まじめな話。全然寝てないような顔をしているぞ」

「当然よ、寝ていないんだから」

乱暴な言い方はしたくなかったが、疲れや不安やらが重なって、つっけんどんな言い方になってしまった。

横波を受けて、船がまた揺れた。

「この海の荒さにやられたみたい」

「そうなのか。おれは船酔いなんてしたことないが」

自慢げに言う彼に、わたしは一言言い返してやりかったが、大人気ないのでやめた。

「もうちょっとの我慢だ。明日の朝にはトロンヘイムに着くから」

「明日の朝だって？」

がっかりしたようなわたしの声に、彼は厳しい目でわたしを見返した。

「そうさ、それが何か問題なのか？」

「今日だと思っていたから」

わたしは言葉が続かなかった。彼は肩をすぼめた。

「トロンヘイムまでは距離があるからな」

「なら、いいの」

あの時、何の音を聞いたのか、聞かなかったのか、そのことを早く部屋に戻ってゆっくり考えたかった。

「わたしは部屋へ行くから、あなたはあなたでゆっくり休んでね」

「では、また後で会おう、ロー」

ベンの口調は軽かったが、わたしを見送るその目は心配そうだった。

自分の部屋へ戻るつもりで歩いていたが、どこをどう間違えたのか、図書室の前まで来て廊下は行き止まりになった。図書室は豪華なお屋敷内の図書室のミニチュア版ともいうべきもので、読書しやすいよう、全ての照明に緑色のかさがついていた。

ため息をつき、どこでどう間違えたのか、考えてみた。来た道を引き返すよりも、何か近道はないか頭をめぐらせた。こんな小さな船の中で道に迷うなんてありえないように思えるが、この船に限っては、スペースに無駄のないよう作られている。そのためか、廊下は複雑に行き交い、分かりづらくなっている。おまけに、船の大きな揺れが方向感覚を狂わせる。

普通のフェリーと違って大きな案内図や、道路標識のようなものもない。ようするにここは、大金持ちの個人邸宅のようなものなのだ。出口が二つあったので、あてずっぽうにその一つを開けると、デッキが見えた。それで自分がどっちへ向いているのか大体分かったので、外へ出てみると、海風が顔に当たって心地よかった。丁度そのとき、ニコチンでつぶれたようなしわがれ声がすぐ後ろで聞こえた。

「ダーリン、あなたにこんなところで会えるなんて奇跡だわ。どう、今日のご機嫌は?」

振り向くと、ライバル旅行誌編集長のティーナだった。彼女は煙草を指の間に挟み、丸まったガラスでできている喫煙シェルターの中にいた。

わたしはその場から逃げ出したい気持ちを顔に表さないようにした。この航海でのわたしの役目は、人的交流を活発にして、お偉方とコネを作ることだ。意志の弱さが招いた二日酔いを、こんなところで見せてはいけない。だからわたしは作り笑いでこの場を乗り切ろうとした。

「実は昨晩ちょっと飲みすぎちゃったの」

「知ってるわ。でも、あんた、ずいぶん断ってたじゃないの。その量の多さにわたしは感心したんだけどね」

と、ティーナはさげすみの笑みを浮かべて言うと、さらにこうつづけた。

「わたしが駆け出しの頃は古参のボスによく言われたものよ。誰かにインタビューするときは、相手以上に飲めばスクープはお前さんのものだってね」

わたしは煙草の煙を通してティーナを観察した。彼女は数え切れないほどの若い女性を踏み台にして今日の地位に就いたとの噂がある。そして、自分がガラスの天井を破ることができると、自ら梯子を外して他の女性が上がってこられないようにしているのだという。男社会の中で出世街道を這い上がるのは大変だったのだろう。あながちティーナを非難するのは当たらないのでは。

「もっとこっちにいらっしゃいよ。秘密を教えてあげるから」

そう言って彼女が手招きすると、骨ばった指にはめた指輪がぴかっと光った。

この招きに対する答えは、どっちつかずの沈黙しかない。

「あんたとあのセクシーなベン・ハワードは、昨晩はずいぶん仲が良さそうだったじゃない」

ティーナはでれでれした調子で話した。それを聞いてわたしはぶるっと震えた。

「ベンとわたしが一緒だったのはもう昔のことよ」

わたしはきっぱりした口調で言った。

「ヨリを戻すつもりはないわ」

「微妙ね、ダーリン」

そう言ってティーナはわたしの腕を突いた。彼女の指輪がわたしの肌に当たって痛かった。

「アフガニスタンでは〝男は同じ湖に二度は入らない〟って言うわね」

わたしは返答のしようがなかった。

「あんたの苗字じゃなくて、名前は何だっけ？」

唐突な質問だった。

「ルイーズだっけ？」

「ローよ。ローラの略だけど」

「会えて良かったわ、ロー。そしてあんたはベロシティ誌でローアン編集長の下で働いているのよね？」

「その通りですけど。わたしは特集記事のライターです」

自分でも驚くことに、わたしはそこで止まらなかった。

「ローアン編集長の出産休暇中、わたしがローアン編集長の代理を務めます。この航海に参加したのもその一環です。会社はこれでわたしの力量を試したいんでしょう」

たとえこの航海がわたしをテストする機会だとしても、今のわたしは失敗に向かって一直線なのは明白だ。男爵をはじめとする招待者側が殺人を隠蔽するのに躍起になっていると騒ぎたてているのだから。ティーナはもう一度煙草をくわえ、ペッとかすを吐き出すと、品定めするような目でわたしを見回した。

「責任が重いわね、あんたの役目って。でも、上を目指すのはいいことよ。それで、ローアン編集長が戻ってきたらどうするつもり？」

わたしは答えようと口を開きかけたが、やめた。編集長が戻ってきたらどうする？　前やっていた仕事に戻る？　どう答えていいか迷っていると、ティーナが話し始めた。

「ベロシティ誌に戻ったら、いつでもいいからわたしに電話ちょうだい。わたしは、あんたみたいに有能で野心あるライターを常に探しているから」

「会社とは雇用契約していますから」

と、わたしはさも残念そうに言い、思った。せっかくの話だけど、わたしの契約条項ではアルバイトはさせてもらえないはずだ、と。

「まあ、好きなようにおやりなさい」

ティーナは肩をすぼめた。そのとき、船が揺れ、彼女は金属の手すりによろけて煙草の火を消してしまった。

「チェッ！　消えちゃった。あんた、火を持ってない？　わたしのはラウンジに置いてきちゃったの」

「ごめんなさい、わたし煙草は吸わないの」

「クソッ！」

今こうしているあいだにも、保安責任者はわたしの訴えを、ちょっとおかしな女のたわごととして船長に報告しているのだろう。わたしのキャリアなど彼にとってはどうでもいいことなのだ。

なんだったら、この際だから、目の前にいるティーナに昨晩はどこで何をしていたか質問してもいいのでは。ベンは、投資家のラースや、冒険旅行家のアーチャーや、バルマー男爵とポーカーをしていたと言っていたから、残された人物、つまり、第10客室にいられた人物は少数に限られる。

塩水で濡れたデッキの上をティーナが出口に向かってよろよろと歩いていく。か細いかと。ハイヒールはデッキの上をすべりがち。猟犬のようにやせた体躯。筋肉よりも筋っぽい体質。しかし、その腕には秘められた馬鹿力がありそうだ。

それに、わたしの上役のローアン編集長は彼女を評して〝体は貧弱な荒くれ女〟と言っていた。

ティーナのあとに続いてドアに向かいながら、わたしは聞きたいことをぶつけた。

「それで、どうなんですか、昨晩は楽しい時を過ごされました?」

ティーナは突然立ち止まり、こちらを振り向いて、わたしの顔をまじまじと見つめた。片方の手を鉄の扉にかけ、拳の腱が針金のように浮き出ていた。

「今あんた、なんて言った?」

ティーナはのどを突き出し、猛禽類のような目でわたしを睨みつけた。

「わたしは――」

ティーナの剣幕におされて、わたしは言葉が続かなかった。

「ただ、ちょっと――」

「あんたに忠告する。妙なことは口にしないこと。この業界では、敵を作らないのが利口な女の生き方なのよ」

そう言うなり、彼女はドアを引き開け、後ろ手でばたんと閉めて出て行ってしまった。

わたしは一人デッキに立ち、あたりをぼんやりと眺めていた。何がどうなっているのか、自分でもはっきりしなかった。首を振って自分を取り戻し、ここで何か考えてもどうにもならない、自分の部屋に戻って置きっぱなしにしてある唯一の証拠品を確保しなければ、と思った。


保安責任者と一緒に出たときは確かに部屋の鍵を掛けたのに、部屋の中はきれいに清掃されていた。清掃員が入ったのは明らかだった。鍵を掛けたとき、〝ドント・ディスターブ〟のサインを掛け忘れたのがいけなかった。

清掃は完璧だった。流しはぴかぴかに磨かれ、水しぶきのかかっている窓はきれいに拭かれ、汚れていた下着も破れたドレスも魔法のように消えていた。しかしそんなことを気にせず、わたしはまっすぐバスルームへ向かった。棚の上の化粧品をあらためるためだった。

どこだっけ？

わたしは棚の上の一個一個をどかした。口紅に、リップクリーム、歯磨きチューブ、アイメイク落とし、薬の小瓶――しかし、無い！　ピンクとグリーンの容器のマスカラが無い！　カウンターの下にも、ゴミ箱にも無い！　ベッドルームも調べた。引き出し類は全て開けた。椅子の下も見た。一体どこへ消えたのだ！

ベッドに腰を下ろし、顔を両手に沈めて考えた。その結果、ひとつの事実を思い知った。いなくなった女性と、わたしを結びつける唯一の証拠品がなくなったのだ、と。

地域紙『ハリンゲイ・エコー』 九月二十六日土曜日
「ロンドン在住の女性がノルウェーの豪華客船から消える」

消えたロンドンっ子、ローラ・ブラックロックの友人や親族の心配は日増しに高まっている。ハリンゲイのウェストグローブに住んでいるブラックロック嬢(32)は、ノルウェーの豪華客船「オーロラ号」船上から行方不明になったと、パートナーのジュード・ルイス氏から報告されている。

一緒に乗船しなかったルイス氏は何度もメッセージを送ったが、ブラックロック嬢からの返事は途絶えているという。その後、何度もコンタクトを試みたが、全て失敗に終わっている。

オーロラ号のスポークスマンによれば、日曜日に英国のハール港を処女航海に向けて出帆したオーロラ号は、予定通り九月二十二日の火曜日にトロンヘイムに寄航したが、そのとき以来ブラックロック嬢の姿が確認されていないという。また、オーロラ号を所有する会社は、おそらく彼女は旅程を自分で勝手に短縮して、金曜日現在、まだロンドンに戻っていないというだけの話ではないかと語っている。パートナーのルイス氏は彼女の予定を知らないので、余計に心配を募らせているのでは、と。

ブラックロック嬢の母親であるパメラ・クルーさんは、母親に連絡しないなんて、娘の性格からすると全く考えられない、と言い、ローという愛称で皆に親しまれているブラックロック嬢を見た人がいたら誰でも連絡してくれるよう訴えている。

PART FOUR

第14章　消えたマスカラとベンの裏切り

わたしはパニックに押しつぶされないよう自分を励ました。

誰かがわたしの部屋に侵入した。事情を知っている何者かが！

わたしが何を聞き、何を見たか、そして何を訴えているかを知っている誰か！

部屋のミニバーには小瓶のアルコール類が入りきれないほど補充されていた。わたしは衝動的に飲みたくなった。だが、この際それは我慢して、部屋の中を行ったり来たりし始めた。昨日はあんなに広く感じたスイートルームが、今日は四方の壁が自分に迫ってくるような狭さに感じられる。

誰かがこの部屋に入った！　いったい誰が？

思いっきり叫びたかった。ベッドの下に隠れてしまいたかった。しかし、どんな方法をとっても逃げ道はなさそうだった。何はともあれ、船がトロンヘイム港に寄航するのを待つしかなかった。

逃げ道も無いこの現実にわたしは胸を締め付けられ、化粧台に両手を突き、肩をいからせて、鏡に映る顔面蒼白の自分を見つめた。そこにあるのは単なる寝不足の表情ではなかった。目の周りの隈が疲れ切った体調をあらわしていた。何よりも自分をおののかせたのは、その目に表れている恐怖の表情だった。猟犬に追われて必死に逃げる獲物の目がそこにあった。

廊下からブンブンとモーターが回る音が聞こえた。そうか、部屋に入ったのは清掃員だったのか。

わたしは息を深く吸い込み、背筋を伸ばし、髪の毛を手ぐしで後ろにすくと、入り口のドアを開けて廊下に顔を出した。

清掃員として下のデッキで紹介されたポーランド人のイオナが、廊下の向こうのベンの部屋を、ドアを開け放って掃除していた。

「すみません!」

わたしは大きな声で呼びかけたが、聞こえないようなので、近寄って呼んでみた。

「すみません!」

イオナは跳び上がって振り向くなり、胸に手を当てた。

「何ですか? 急に——」

足でスイッチを押し、クリーナーを止めてからイオナは言った。

「びっくりするじゃないですか」

彼女は同僚と同じダークブルーの制服に巨体を包み、激しい作業のため顔がピンクに染まっていた。

「驚かしてごめんなさい」

わたしは頭を下げ、謝ってから聞いた。

「わたしの部屋は掃除しました?」

「ええ、済ませましたよ。何かやり残しましたか?」

「いえ、とてもきれいに掃除されています。ただ、マスカラがなくなっているんですけど、見ませんでした?」

「マスカラ?」

清掃員は首を横に振った。

「何ですか、それは――?」

「こういうふうに、まつげにつける化粧品よ」

とわたしが手まねして見せると、イオナは理解したようだった。

「ええ、知ってますよ」

そう言ってから彼女はポーランド語で何か言った。「トゥーシー、ドレッシー」と聞こえたが、わたしには意味不明だった。〝マスカラ〟と言ったのか、〝ゴミ箱に捨てた〟といったのか分からなかったが、わたしは大きくうなずいた。

「そうそう、ピンクのチューブに、グリーンのふたの、これと同じ――」

と言ってわたしはスマホを取り出し、グーグルでメイベリンを検索したが、Wi-Fiがまだ接続できておらず見せられなかった。

「クソッ! でも、まあいいや、ピンクとグリーンの容器に入ったものよ」

「はあ、それなら、昨夜掃除したとき見ました」

「今朝は見なかったの?」

イオナは困った顔をして首を横に振った。

「バスルームにはありませんでした」

「無かったのね？」

「では、客室乗務員のカーラに言って、もしかしたら弁償してもらえるかも——」

清掃員の心配そうな顔と苦しそうな言葉を聞いて、この状況を誰かが見たらどう思うだろうと、わたしはハッと気づいた——殺人を見たなどと騒ぎ立てている頭のおかしな女が、今度は生真面目な清掃員を、マスカラを盗んだといって責め立てている、そんな風にしか見えないのでは。わたしは首を振り振りイオナの腕に手を置いて言った。

「ごめんなさい、いいんですよ。心配しないでね」

「でも、大切なものなんでしょ？」

「いいえ、本当にどうってことないの。きっと、わたしが自分のポケットに入れたまま忘れたんだと思う」

と言ったものの、わたしの胸は叫んでいた。誰かが、いや、殺人者が証拠品のあれを隠したのだ、と。

部屋へ戻るとわたしは玄関に二重ロックを掛け、その上にチェーンロックを掛けた。それから受話器を取り上げ、０番を押して保安責任者に繋いでくれるよう頼んだ。長い間音楽を聴かされてから、ようやく客室乗務員長のカミラらしい女の声が聞こえてきた。

「ミス・ブラックロックさま、お待たせしました。今繋ぎます」

カチカチ接続する音のあと、低音の男の声が響いてきた。

「ハロー、ブラックロックさん。保安責任者のヨハン・ニールセンです。ご用件は?」

「マスカラが消えてしまったの」

わたしは前置き無しにいきなり伝えた。その後すこし間があった。そのあいだ保安責任者は自分の頭の引き出しを開けて、何の話か思い出していたのだろう。

「あのマスカラは」

わたしは待っていられなくて言いたいことを言った。

「昨夜説明したでしょ? 第10客室の女性がわたしにくれたマスカラのことよ。わたしの訴えが本当であることを証明してくれる証拠品なのに」

「何のことだったか――?」

「誰かがわたしの部屋に侵入して持って行ったのよ」

わたしは自分の感情を抑えようとゆっくり話した。ここでゆっくりと、ちゃんとした言葉で話さないと、錯乱して受話器に向かって叫び声をあげてしまいそうだった。

「何も隠すことが無いならなぜそんなことをするの? その人たちは」

保安責任者は沈黙した。

「ニールセン?」

「では、これからそちらに向かいます。今――」

「十分待ってください。今船長と話し合っているところです。終わり次第そちらに向かいます」

「待ってます」

「グッドバイ」

言い捨てて、わたしは受話器を放り投げた。怖さよりも、腹が立って仕方が無かった。それが自分に対してなのか、保安責任者に対してなのか、よく分からなかった。

わたしは狭い部屋の中を行ったり来たりしながら、昨日の出来事を頭の中で整理してみた。状況、聞こえた音、声、見えたもの。その上に見過ごせないことが一つ増えた。誰かが部屋に侵入したことだ。わたしが保安責任者と出かけて部屋を空けていたことを知っていた誰かだ。そいつは空き巣のように部屋に忍び込み、わたしの訴えの正当性を証明する唯一の証拠品を持ち去っていった。でも、誰が合鍵を手に入れることができるだろう? 清掃員のイオナか、客室乗務員のカーラか、それとも同僚のジョセフか。

ドアがノックされたので、急いで行って開けると、保安責任者のニールセンが立っていた。疲れた熊のようにのっそりと、わたしほど黒くはなかったが、目の周りに隈をつけて。

「誰かがマスカラを持っていったの」

わたしは同じ言葉を繰り返した。保安責任者はうなずいた。

「入っていいですか？」

わたしが後ろに下がると、彼はその横を通って部屋の中に入ってきた。

「座っていいですか？」

「どうぞ」

彼の丁寧に座るさまがわざとらしかった。わたしは化粧台から椅子を引っ張り出し、保安責任者と向かい合って座った。二人とも黙りこんだ。わたしは彼が話し始めるのを待っていたが、彼の方も同じことを考えていたのかもしれない。それとも、言い出す言葉を考えていたのか。保安責任者は指で自分の小鼻を摘まんだ。大男がするにしてはデリケートで滑稽な動作だった。

「ミス・ブラックロック」

「ローです」

わたしはムキになって言った。保安責任者はため息をついてから話し始めた。

「では、ロー。船長とも話したんですが、船上のスタッフの中に行方不明者は一人もいませんでした。それは確かです。また、スタッフ全員とも話したんですが、第10客室に何か疑わしいことがあると指摘した者も一人もいませんでした。それから導き出される結論は――」

「ヘイ、ちょっと待って！」

わたしは相手を制した。船長と保安責任者がどんな結論に達したのか、およそ推測できる。それがここで披露されるのを止めるためだった。

「ミス・ブラックロック」

「いや、いや、その結論はダメです！」

「どうしてダメなんですか？」

「わたしをいつまでもブラックロックと呼んで」

息遣いが荒くなるのにまかせて、わたしは一気に吐き出した。

「わたしをさも大切な客のように扱い、わたしの心配に配慮する様な事をあれこれ言っておきながら、いざとなると、わたしの事を何を考えているのか分からないヒステリー女扱いするんでしょ！」

「わたしは別に――」

わたしはまたしても彼の発言を止めた。腹立たしくて聞く気にもなれなかった。

「どっちにしてもダメよ。わたしを信じようが信じまいが――あっ、そうだ」

わたしは自分の話を中断した。どうして今の今までその事に気づかなかったのか。

「監視カメラがあるはずでしょ！」

「ミス・ブラックロック――」

「廊下が映ってるテープをチェックしてみれば分かるはず。きっと必ずあの女性が映っているから」

「ミス・ブラックロック」

保安責任者は急に大きな声になった。

「ハワードさんとも話し合ったんです」

「何ですって？」

「この件をハワードさんとも相談したんです。ベン・ハワードさん、親しくお付き合いされていたんでしょ？」

「だから何なの？」

わたしは平静を装ったが、心臓が早鐘を打ち始めた。

「ベンが何を知っているというの？」

「ハワードさんの部屋は廊下を挟んで第10客室の向かい側にあります。彼の所へ伺ったのは、何か水しぶきの音でも聞いたかどうか、あなたの訴えを補強できるものがあるかどうか聞くためです」

「でも、あの時間、あの人は部屋にはいなかった。ポーカーをしていたから」

「分かってます。でも、ハワードさんは言ってました——」

保安責任者はその後の言葉を濁した。彼の何か言いたげな態度がわたしの腹にズシンときた。

〈ああ、ベン。あなたは何をしゃべったの？　わたしを裏切って〉

元彼のベンがわたしについて何をしゃべったのか、聞かなくても保安責任者の顔を見れば分かる。しかし、わたしもそう簡単には降参しなかった。

保安責任者がひと言ひと言絞り出すようにゆっくり話した。

「彼はあなたのフラットに侵入した男について話しましたよ。強盗の件です」

「その件とわたしが昨晩見たことは関係ありません！」

「でも、それで——」

保安責任者は咳払いをしてから腕を組み、次に足を組んだ。彼のような大男がソファの上でもじもじする姿は、笑ってしまうぐらい滑稽だった。

「ハワードさんは言っていましたけど、強盗に入られて以降、あなたは眠れなくなったそうですね」

保安責任者は言いづらそうだった。わたしは黙っていた。腹が立って何か言う気にもなれなかった。保安責任者に対しても怒っていたが、それよりも、ベンのことが腹立たしかった。彼に何か告白したのはあれが最後だった。

〈わたしって性懲りもない女なんだ〉

「それに、あなたにはアルコール問題がありますよね?」

くちゃくちゃな金髪、皺だらけのむくれた顔が続けた。

「それが遠因になって、副作用が――」

「遠因ってどういうこと?」

わたしの声はこわばり、まるで自分の声ではないように聞こえた。

保安責任者は視線を天井に移した。彼の居づらそうな気分が部屋全体に充満した。

「抗うつ剤の副作用ですよ――」

保安責任者の声はほとんど囁きだった。彼は視線をシンクの横に置いてある使い古した小箱に向けてから、わたしの方に戻した。彼の動きの一つ一つ、言葉の一つ一つが申し訳なさそうだった。だが、彼としては当然、そこまで言わない訳にはいかなかったのだろう。

わたしは座ったまま何も言わなかった。しかし、顔はビンタを張られたように熱かった。そうか、こういう事だったのか！　ベンのヤツ、話を聞かれ、ついうっかり口を滑らせて、ずるずるとあることない事を語ってしまったのだろう。わたしの訴えを補強するどころかわたしの経歴を暴露し、結局わたしが信用できない、精神状態が安定しないノイローゼ女だと、積極的に言わないにしても、そのイメージを相手に与えてしまったのだろう。

「ええ、ええ。抗うつ剤を服用していましたとも。だから何だと言うんですか！」

抗うつ剤を長年服用してきたが、その結果、神経症の発作はあったものの、幻想にさいなまれるようなことは一度も無かった。

百歩譲ってわたしが本格的な精神病だとしても、抗うつ剤を服用していようがいまいが、見たことを見なかったことにする訳にはいかない。

「それで？」

ようやく出たわたしの声は冷たくてつっけんどんだった。

「抗うつ剤を少しばかり服用したからといって、わたしはフィクションと事実の区別がつかなくなるような偏執狂にはなっていませんからね！　何百何万もの人が同じ薬を服用しているんですよ」

「そう言うつもりじゃないんですよ」

保安責任者の答え方はぎこちなかった。

「あなたの訴えに証拠がないのは事実じゃないですか、ミス・ブラックロックさん。あなたを否定するわけではないんですが、あなたの話は丁度あなたが経験した――」

「ノー！」

わたしは大声を上げ、座る巨体の前で仁王立ちになった。

「あなたは分かっていない！　変なこじつけでわたしを嘘つき呼ばわりしないでちょうだい！　ええ、最近よく眠れないのは本当よ！　よく飲んでるのも本当！　強盗に入られたのも本当！　でも、どれもわたしが昨晩見たことと関係ないでしょ！」

「ところが、それが問題なんですよ、違いますか？」

保安責任者はのっそりと立ち上がった。両頬は虫に刺されたように赤かった。

「あなたは結局、何も見ていないんだ。ある女性を見たと言って、船上の女性全員に会ってみたけど、その中にはいなかった。水しぶきの音を聞いたからといって、殺人があったと主張している。飛躍というものじゃないですかね。何日か前にあった強盗の件に影響されて、二プラス二の答えが五になってしまっている。これでは、殺人捜査令状など出ないでしょうな、ブラックロックさん」

「帰ってちょうだい！」

わたしの胸のまわりに張っていた氷が解け出すのが分かった。わたしは愚かな推論に降参しそうだった。

「ブラックロックさん」

「帰ってちょうだい！」

わたしはどかどかと玄関の所へ行き、震える手でドアを押しあけた。

「帰って！」

わたしは同じ言葉を繰り返した。

「出て行かないなら、船長に電話して女性客一人の部屋に居座って出て行かないって、言い付けますよ！　さあ早く、わたしの部屋から出て行ってちょうだい！」

保安責任者は後ろ首を擦りながら、重そうな足どりで動き出した。何か言おうとしたのか、一度立ち止まってこちらを見たが、わたしと目が合って諦めたらしく、そのままドアへ向かった。

「さようなら、ブラックロックさん」

わたしはもう何も聞きたくなかったので、彼の顔の前でドアをバタンと閉めると、ベッドに戻って思いっきり泣いた。

第15章 疑わしい男たち

ローの友人エラン

抗うつ剤を服用しなければならないほどわたしの生活に何か支障があったのかといえば、そんなものはなかった。両親からは惜しみない愛情をそそがれ、これ以上は無いような子供時代を送った。ぶたれたり、虐待されたりの類いは一切なかった。愛情と保護だけを与えられて育ったわけだが、どうやらそれだけでは不十分だったらしい。わたしの友人のエランは言っている、わたしたち誰もが内に悪魔を秘めているのだと。自分はろくでなしだと内なる声が囁くのだと言う。誰でも、もし今度昇進させてもらえなかったら、もし今度のテストで合格できなかったら、自分がどんな悪玉になれるかを世間にアピールしたくなる精神構造をしているのだと言う。もしかしたら、それは本当かもしれない。しかし、わたしの内なる囁きは普通よりも大きいようだ。というのも、わたしの場合、事はそれほど単純ではなかった。

大学卒業後、うつの症状に襲われたのは、テストの結果で自尊心が傷つけられたからでもなかった。もっと複雑な、何か化学現象のような、精神科医との対話などでは改善できない性質のものだった。

認知療法、行動感染療法、カウンセリング、心理療法と、いろいろ受けたが、結局一番効果があったのは、薬の錠剤だった。親友のリッシーは、自分の精神状態を薬剤でコントロールすることの怖さを力説している。薬を常用していると、本当の自分はどこにあるのか分からなくなってしまう、と彼女は言っている。しかし、わたしは別の考えを持っている。すなわち、薬を服用するのは、精神の化粧をするようなもので、決して変装するようなものではないと。自分をもっと自分らしくして、自分のベストを演出するための手段だと思っている。

ベンは精神の化粧をしていない時のわたしを見てきた。そんな時期にわたしはベンと出会い、ベンはやがてわたしを捨てて出て行ってしまった。わたしは長い間ベンを恨んだが、その愚かさに気づき、今は現実を受け入れて、彼のしたことを許している。

わたしが一番苦しかったのは、二十五歳になったときだった。あの時期は自分から抜け出す事が出来たらそうしたいくらいだった。


「開けてちょうだい」

ラップトップのキーを叩く音が止まり、椅子を押す音が聞こえた。続いて、部屋のドアがそろそろと開いた。

「はい！」

ドアの隙間からベンの顔が覗いた。わたしを見てびっくりした表情になった。

「ロー、どうしたんだい？　こんな所に来て！」

「どうしたいんだと思う？」

ベンは少し顔を赤らめ、恥じらいの表情を見せた。

「ああ、そういうこと！」

「ええ、そういうことよ！」

わたしは彼を押しのけて部屋の中に入っていった。

「話したんでしょ？　保安責任者のニールセンに」

　わたしははじめから彼を責めたてる口調になっていた。彼はわたしをなだめようと手を前に出して振った。

「いや――」

「〝いや〟じゃないでしょ。よくもそんなことを他人に語れるわね。いったい、どこまで話したの？　わたしの神経衰弱の事？　医者にかかったこと？　それで危うく失職しそうになったこと？　――それをみんなあの男に話したのね？　服もちゃんと着られなくて、外出も出来なかった頃の話もしたの？」

「いやいや、そんな話はしてないよ、もちろん。どうしてそんなふうに思うんだい？」

「だったら、いきなり抗うつ剤の話をしたの？　それで、つい口を滑らして、わたしが信用できない女だと思わせたのね」

「いやいや、そんなんじゃ全然ないんだ！」

　ベンはそう言うとベランダのドアのところまで歩き、わたしの方を振り返り、髪に手櫛をいれた。

「いやあ――あいつの手に、つい乗せられてしまったんだ」

「あんた、ジャーナリストでしょ？　〝ノーコメント〟は忘れたの？」

「ノーコメント」

ベンのふてくされたジョークにわたしは食って掛かった。

「あんたは自分が何をしたか分かってないのよ」

わたしは思わず拳を握り締めた。手のひらに爪が食い込み、痛くてしょうがなかった。

「俺をあまり責めないでくれ。ああ、コーヒーが飲みたくなった。きみも一杯どうだい？」

〝いえ、結構〟と言いたいところだが、正直わたしも欲しかったので、無表情でうなずいた。

「ミルク入りのノンシュガーだっけ？」

「そうよ」

「世の中何も変わってないんだ」

ベンはぶつぶつ言いながらエスプレッソ・マシンに水を入れた。わたしは彼をキッとにらんだ。

「いろいろ変わったわ、知ってるくせに。それよりも、どうしてあんなこと他人に話すの？」

「いやあ、何と言うか――」

頭から返答を絞り出すかのように、彼は乱れた髪を両手ですいた。

「朝食から戻って来る時に廊下でアイツに捕まって、きみの事を心配しているから話を聞かせてくれってせがまれたんだ――夜中に物音を聞いた件だけど――おれも酔っぱらっていたからアイツがどういうつもりで聞いているのかよく分からなかったんだ。きみが精神的に追い詰められているなんてアイツが言い出すものだから——信じてくれよ、ロー。俺がアイツの所へ行って喋ったりした訳じゃないんだ。それで、アイツはどんな言いがかりをつけているんだ？」

「もういいのよ」

ベンが差し出したコーヒーを受け取り、熱くて飲めないので、カップを持ったまま膝の上で冷ました。

「よくなんかない！　きみを打ちのめすような発言じゃないか。昨日の夜、何があったんだい？」

わたしの胸の内の九十五％は〝放っておいて〟と言いたかった。それよりも、保安責任者にわたしの個人的なことまでしゃべったりして、〝あんたの信用は地に墜ちた〟と言ってやりたかった。が、悪い事に、残りの五％の方は最終的に強力だった。

「最初に聴こえたのが——」

喉が痛かったのと、早く一切を話したかったのとで、わたしは唾を飲み込んだ。ベンにありのままを話したら、彼ならきっとわたしには思いも及ばない様な方策を考えてくれるだろう、と期待した。彼は記者だし、認めたくはないが、評判のやり手記者なのだから。

わたしは息を大きく吸い込み、昨晩保安責任者に語った内容を一気に吐き出した。今度は信じてもらえるように、時系列をよく整理して、より説得力をもって語った。

「肝心なのは、彼女はそこにいたという事実よ、ベン」

そう言ってからわたしは、話の締めに切なる一言を付け加えた。

「信じてちょうだい、ベン！」

「ワオッ」

ベンはそう言って瞬きした。

「俺はもちろん信じるさ」

「信じるのね？」

ベンの意外な返答にびっくりして、わたしはガチャンと音を立ててコーヒーカップをガラスのテーブルの上に置いた。

「本当なのね？」

「もちろん。きみが作り話をするなんて考えたことも無い」

「でも、あの保安責任者は信じてくれないわ」

「保安責任者がきみの話を信じない理由がおれには分かる」

ベンは続けた。

「航海中の船上での犯罪は〝藪の中〟というのが常識だからね」

わたしはうなずいた。同感だからだ。わたし自身、旅行記者のはしくれとして、クルーズ船の上では真偽不明のゴシップがたくさん生まれるのを知っている。船のオーナーが違法を見逃している訳では決してなくて、たんに船上では捜査権を持っている者がいないからだ。

オーロラ号はたとえどんなに豪華であっても、公海上を航行している場合は法律の規定が及ばない、特殊な場所になってしまう。たとえ書面で確認できる行方不明者がいたとしても、騒ぎは簡単にカーペットの下に隠されてしまう。捜査権を持つ者がいない船上では、調査はしばしば保安責任者に任される。ところが保安責任者は雇われの身だから、何か疑わしい事があっても、雇い主の御意見を伺いながらしか調査できない。湿度も温度も高いはずの客室の中で、わたしは急に寒さを覚えて両腕をさすった。

わたしがベンを頼ったのは、わたしの気分を少しでも楽にしてもらいたかったからだ。なのに、今の彼はわたしの不安をかきたてる役回りになってしまっている。

「わたしが一番心配するのは――」

わたしはぽつんとそう言ったきり、先を続けなかった。

「きみが一番心配するのはなんなんだい？」

ベンはその先を催促した。

「彼女は――わたしにマスカラを貸してくれて――それが彼女に会う理由だったけど、わたしはあの部屋が空室だと知らなくてノックしたのよ」

「それで?」

ベンはコーヒーをもう一口飲んだ。首をかしげる彼の表情は、話がチンプンカンプンだと言いたげだった。

「それが――消えてしまったの」

「マスカラが? ――消えたって、どういうこと?」

「無くなったのよ。わたしが保安責任者と出掛けている間に、誰かが持って行ったんだわ。唯一の証拠品よ。何もとがめられることがないのなら、盗む必要なんてなくない?」

ベンは立ち上がり、ベランダへ出て行った。その時、ドアの締め際に、レースのカーテンを引いていった。不必要で、妙な行動だった。考え事をする姿をわたしに見られたくないのかな、と思った。やがて戻って来ると、彼はベッドの端に腰を下ろし、ビジネスライクな口調でこう言った。

「この件はほかに誰か知ってる?」

「マスカラの事?」

ベンの質問はさすがだった。当事者のわたし自身気づかなかった、核心をつく質問だった。

「ううん、そうね――保安責任者以外はまだ誰も知らないんじゃないかな」

確信のない、わたしの答え方だった。ベンとわたしは無言のままお互いを見つめ合った。

ベンの苦しそうな目を見て、わたしは心配になった。

「でも、保安責任者は一緒だったわ」

わたしは問われる前に答えた。

「マスカラが盗まれた時のことだけど」

「ずっと一緒だったのか？」

「まあ、だいたい――でもちょっと待って。一回離れた時があった。わたしが朝食をとった時。その時わたしはティーナと話していたわ」

「ということは、そのとき彼が盗んだ可能性はある？」

「そうね」

わたしは考えながらゆっくり答えた。

「可能性はある」

わたしの部屋に忍び込んだからこそ、彼はわたしの病歴だの錠剤だのの事を知っているのかも。

「こうしよう」

　ベンはようやく結論めいた事を言い出した。

「この件は船のオーナーのリチャード・バルマーの所へ行って、彼に直接話したらいい」

「バルマー男爵の所へ？」

「そうだよ、その通り。おれは昨日の夜、やっこさんとポーカーをやったんだ。なかなかの人物だった。保安責任者を追いかけたって何も得られない。俺の親父がよく言っていた、〝商品やサービスに文句がある時は直接トップの所へ行け〟ってね。この船のトップはもちろん、バルマー男爵なんだから」

「でもこの件は商品やサービスに対する不満とはちょっと違うわ」

「細かい事を言えばそうだろうけど。そのニールセンという保安責任者のおやじを追いかけたって見通しは明るくならない。違うか？　この船の中に保安責任者を有効に使える人間はただ一人、それがバルマーだ」

「でも彼は保安責任者をはたして有効に使うかしら。むしろ面倒だから保安責任者をもみ消しに使うことだってあり得るんじゃない？　というのも、この件はともすると彼にとって大損害の種になり得るからよ、ベン。もしこの件が外に漏れでもしたら、オーロラ号の未来にとって大打撃になるわ。考えてもみてよ。女性が不審死を遂げた客船に大金をはたいて乗る客なんているかしら」

「それでも、世の中にはニッチな市場があるから、客もいるだろうし、商売も成り立つんじゃないかな」

ベンが皮肉っぽく笑うのを見て、わたしは思わず身震いした。

「だからといって、彼の所へ行っちゃいけない理由はない」

ベンは男爵を訪問することにこだわった。

「少なくとも、昨晩彼がいた場所は分かるだろうし、保安責任者に頼るよりもましなんじゃないかな」

「昨日の夜、あなたが一緒にいた人達の中で客室を離れた人はいなかった?」

「誰も席を立った者はいなかった。俺たちはみなラースとクロエのスイートにいたんだけど、あの部屋には出入り口は一つしかなくて、俺はそのドアに向かって座っていたからね。用足しに立つ者はいたけど、みな客室のトイレを使ってた。クロエだけは男性とかちあうのがいやだったので隣の客室を使っていた。いずれにしても、スイートの出入り口は一つしかなくて、午前四時前に出て行った者はいなかった。男性四人とクロエは除外してもいいさ」

わたしは顔をしかめ、指を折って乗客一人一人を数えてみた。

「すると、あなたと、バルマーと、アーチャーと、ラースと、クロエが一緒にいたのね。残るのはコールと、ティーナと、アレクサンダーと、オーエン・ホワイトと、バルマー夫人が別の場所にいたという訳ね」

「バルマー夫人だって？」

ベンは眉を上げ、目を大きく見開いた。

「そこまで考える必要はないと思うけど」

「どうして？　もしかしたら彼女は見かけほど元気がない訳じゃないのかも」

「へえ。ガンが再発して、化学療法と放射線治療で四年間苦しめられた病人を、得体のしれない女性殺人事件の容疑者リストに名をつらねるわけ？　ちょっと酷では……？」

「そんなムキにならなくていいのよ。わたしは一応筋を通しているだけだから」

「乗客全員をひとからげにするのは正しいかもしれない。マスカラの事を知っているのはきみと保安責任者だけなんだから。それを前提にして考えると、もし保安責任者が盗んだのでないなら、彼が誰か別の人にマスカラの件を話して、その誰かが盗んだのだと考えるべきだね」

「そうね――」

と言いかけてわたしは止めた。罪悪感とも違う、妙な迷いが頭の中でいたずらしていた。

「何が言いたいんだい？」

「うろ覚えではっきり思い出せないんだけど、保安責任者にスタッフたちの所へ連れて行かれた時、誰かにマスカラのことを話したかもしれない」

「何だって？」

ベンはわたしをまじまじと見ながらつづけた。

「話したのか、話さなかったのか。それで事情がずいぶん違ってくるぞ」

「分かってるわよ」

わたしはむくれて言った。船が大波を受けて上下した。私は再び吐き気に襲われ、未消化のパンケーキが腹の底でうごめいた。

わたしは下のフロアでスタッフたちと交わした言葉を思い出そうとしたが、出来なかった。あの時は二日酔いだったし、閉所恐怖症と、窓のない部屋の薄暗さに気が滅入って、頭が普通に働かなかった。

目を閉じて、社員食堂の女性たちの、わたしに向けられた顔を思い出しながら考えてみた。

〈わたしはいったい何を話したのかしら？〉

考えてみたが、やはり、思い出せない。

「本当にだめ。でも、言ったかもしれない。言わなかったと、自信を持っては言えない」

「ということは、検討すべき題目の幅が大きく広がったということだ」

わたしは正直に頷いた。

「そうだ、こうしよう」

ベンは何か思いついたらしく、こう言った。

「ほかの乗船客が何か見ているかもしれない。誰かが第10客室に入るところとか、誰かがきみの部屋に入るところとか。周りの客室に誰が入っているのか、確認してみよう」

「ええと――」

と、わたしは指を折って数えてみた。

「第9客室はわたしで、第8はベン、あなた。アレクサンダーは第6だったかしら」

「ティーナは第5」

ベンは考えながら答えた。

「昨夜彼女が入るのを見たからね。すると、アーチャーは第7ということになる。オーケー。これから行って、一人一人に当たってみよう」

「ええ、そうしましょう!」

湧きあがる怒りからか、信じてもらえた安堵感からか、それとも、単に計画が立ったからか、わたしは気分が前向きになっていた。が、そのときベンのラップトップに表示されている時刻が目に飛び込んできた。

「ダメだ！　今は行けない。女性だけのスパの約束があったの！」

「それが済むのは何時かな？」

「ぜんぜん分からない。でも、ランチタイムを過ぎるとは思えない。男性陣には何かスケジュールはあるの？」

ベンは立ち上がり、机の上の航海スケジュールのページをめくった。

「橋を訪ねて、と、性差別研究と、男は技術講習で、女はアロマセラピーで。あっ、待って。男性陣にもスパがあるぞ。明日の朝だ。スペースの関係で男女別にするんじゃないかな」

ベンは化粧台からメモ帳とペンをとった。

「おれも何かしないとな。けど、その前に今のうちにできる事を考えてみよう。ランチの後ここへ戻って来て、例の客室訪問を実施して、その後はバルマー男爵との話し合いに使えばいい。彼がどこかに船を立ち寄らせてくれて、地元の警察を動員してくれるんじゃないかな」

わたしはうなずいた。

「保安責任者はわたしの訴えを真剣に聞いてくれなかった。けど、わたしの話を補強してくれる人がいたら――水しぶきの音を聞いたり――バルマー男爵としてはこの件を無視しづらくなるのでは」

「彼女のことが頭から離れないの」

客室に着いたとき、わたしは思わず口にした。ベンはドアの取っ手を握った動作を止めた。

「何がそんなに気になるんだい？」

「第10客室でわたしにマスカラをくれた若い女性の事よ。襲われた時、彼女はどんなに怖かったろうとか、生きたまま海に投げ込まれたのか、とか、船がどんどん遠ざかって行く光景を見た時の恐怖とか、その時の彼女が何を感じたかについて、つい考えてしまうの」

波間に沈む瞬間、彼女は叫んだのだろうか？　肺が海水でいっぱいになった時も、助けを求めていたのだろうか？　血中から酸素が次第になくなっていく中、もがき苦しんだのだろうか？　そのまま深い海水へ沈んで行った、第10客室の女。やがて彼女の死体は波のまにまに漂いながら、黒く冷たい大海原のいずこかへ運ばれていく。全身が骨のように白くなった頃、魚が集まって来て、彼女の目をつつく。その黒髪が水に流され、煙の様に海中を漂う。一連の出来事が、想像と混ざってわたしの頭から離れない。

「彼女の事を思うと何も考えられなくなるの」

「やめたほうがいい」

と、ベンは忠告してくれた。

「想像をいつまでも抱いていない方がいい」

「でも、わたしには分かるの」

ベンがドアを開けた。

「夜中に襲われた時の恐怖が手に取るように分かるの。だからこそ、彼女をそんな目にあわせた犯人を、どんな事をしてでも見つけなければ」

犯人を見つけなければ、次に狙われるのはおそらくわたしなのだから。

第16章 警告

クロエとティーナがスパの待合室でわたしの到着を待っていてくれた。ティーナはカウンターに寄り掛かり、セラピストのエバが開けっぱなしにしておいたラップトップの画面を読んでいた。クロエは革のソファに深々と座り、携帯のゲームに没頭していた。すっぴんのクロエはいつもとは全く別人に見えた。昨日の夜見せた特大の目も、デリケートに突き出た頬骨も、今日の太陽光の下では平べったく見えた。彼女とわたしは鏡の中で微笑みあった。

「わたしのすっぴんに驚いているんでしょ？　気に入らなかったから取っちゃったのよ。言ったでしょ、わたしって、メーキャップアーティスト並に化粧が上手なの」

「わたしは別に――」

　胸の内を当てられてわたしは赤面した。

「美人画を描くのと同じよ」

　そう言ってクロエは椅子をぐるっと回してわたしに向き合い、ウィンクした。

「正直言って、人生は化粧次第で変わるのよ。わたしなら部屋に置いてある小道具でどんな女性でもお好みの女優さんに変身させてあげられる」

　彼女の自慢話にユーモアで応えようとしていたわたしの目に不思議な物が飛び込んできた。机の向こうの等身大の鏡の一つが内側にぐるっと回り、扉の役目を果たしたのだ。一体、この船には秘密のドアがいくつあるのだろう？　鏡のドアからセラピストのエバが顔をのぞかせ、お義理に微笑んだ。ティーナの顔がラップトップから離れた。

「何かお手伝いしましょうか、ティーナさん？」

　エバがティーナに呼びかけた。

「そのコンピューターにはお客様の個人情報が保存されています。ですから、係員以外の方には使用をご遠慮願っています。もし今ラップトップをお使いになりたいのなら、客室乗務員のカミラ・リッドマンが喜んでご用意します」

ティーナは気まずそうに背筋を伸ばし、ラップトップを元の向きに直した。

「ごめんなさい」

ティーナは恥ずかしそうな顔で言い訳した。

「わたし、どんなトリートメントがあるのかちょっと見ていたの」

「お望みなら、トリートメントのリストをプリントアウトして差し上げますけど」

エバの口調に冷めた感じはなかった。彼女はむしろ歓迎の表情を見せていた。

「わたしどもでは美容マッサージと、セラピーと、フェイシャルと、ペディキュアなどを用意しています」

そう言ってエバはクロエが気持ちよさそうに座っているソファを指差した。

「マニキュアとヘアトリートメントはこの部屋で行います」

ではその他のトリートメントはどこでするのだろう？　このスパには作業台は一つしかないし、わたしの見る限り、このフロアにそれらしき場所は他にない。

そのとき、反対側のドアが音を立てて開き、なんとバルマー男爵夫人のアンネが飛び込んできた。昨夜見た時よりも元気そうだった。肌の色つやもよく、顔の表情もよかった。

しかし寝不足なのか、目の周りに濃い隈が出来ていた。

「突然ごめんなさいね」

夫人は息を切らしながら微笑んだ。

「階段を上るのに今のわたしだと時間がかかっちゃって」

「どうぞお掛けください」

クロエはソファを譲り、部屋の空いている部分に移動した。

「いいの。その必要はありません」

それでもクロエがソファを勧めていると、譲り合う二人を見かねてエバが笑顔で取りなした。

「これから別のトリートメントルームへ移動します、みなさん。バルマー男爵夫人にはここにとどまっていただき、ティーナさま、ブラックロックさま、クロエさまは、これから一緒に下のフロアへ行きます」

「下へ？」

その意味するところを理解しないうちに、エバは鏡のドアを開け、わたしたちは暗く狭い階段をひとつ、またひとつと降りていった。明かりも空気も上の階に比べて何という違いだろう！　急な明かりの変化に目を慣らすために、わたしは瞬きした。階段の壁面には豆電球が等間隔に固定されていた。しかし、その不十分な明かりが周辺をかえって暗く見せていた。

階段の先が暗くて見えないためか、すぐ後ろのクロエの体がときどき触れるためか、わたしは何度もつんのめりそうになった。こんな所でつんのめったら、前を歩いているティーナやエバを巻き込んでしまうのでは。ここでわたしの首が折れても、足を踏み外したためなのか、それとも何か別の力が働いたためなのか、真相は分からずじまいになってしまうだろう。陰で誰かに狙われているのでは、との思いがわたしの頭から離れない。

いつまで続くのかと思える階段下りがようやく終わり、わたしたちは小ぢんまりした広間で足を止めた。水の流れる音が聞こえた。見ると、壁のへこみが噴水になっていた。水の音は癒しの効果があるはずなのに、この船の中では別の効果になっていた。わたしは水漏れを警戒して、緊急脱出口を求めてキョロキョロした。ここは喫水線の下なのだろうか。窓はひとつもない。

わたしは気分が悪くなり、両手のこぶしを握った。

〈パニックになってはダメ！　こんなところでパニックは絶対ダメ！　一、二、三……〉

エバが何か説明していた。天井が低いのも息がつまりそうなのも彼女は気にならないようだった。たぶんトリートメントルームはもっと広くて、もっとマシな場所にあるのだろう。エバの説明が聞こえて来た。

「――トリートメントルームはこのフロアに二つあります。さらに上の階にもう一つあります。ですから、三人同時にトリートメントを受ける事が出来ます。勝手ですが、わたしが割り当てを決めさせていただきます」

〈お願いです。わたしは上の階で受けられますように〉

わたしは握っていた拳に思わず力を込めた。

「ティーナさま、あなたには第一室でアロマセラピーを受けていただきます。担当はハンニです」

エバはあらかじめ用意したリストを参照してつづけた。

「クロエさま、あなたは第二室でフェイシャルを受けてください。担当はクラウスです。セラピストが男性でも構いませんよね。ブラックロックさま、あなたには第三室を取っておきました。ウッラの泥パックを受けてください」

わたしは呼吸が速く浅くなった。

「男爵夫人はどうされるんですか？」

クロエが辺りを見回しながら質問した。

「あれっ、彼女はどこへ行ったのかしら？」

「上の階でマニキュアをしています」

「ああ、それなら――」

と、わたしは自信なげに発言した。

「わたしも上でマニキュアをしてもらえませんか？」

「ごめんなさい」

エバは本当に申し訳なさそうに言った。

「上階のスパルームには作業台が一つしかないんです。良かったら、泥パックを終えてから、午後にでもマニキュアを予約しておきますが。それとも、別のトリートメントなら受ける事ができますすけど。例えばレイキ、スウェーデンマッサージ、タイ式マッサージのリフレクソロジーへの変更は可能です。また、浮遊タンクというのもあります。まだやったことがないなら是非お勧めします。心地の良さは例えようもありません」

「ノー！」

ティーナとクロエが振り向いたのを見て、わたしは自分の声が不自然に大きかったのに気づいて言い直した。

「いいえ、結構です。〝浮遊〟は遠慮します」

「では、みなさん」

エバはにこやかに説明した。

「トリートメントルームはこの廊下の先です。各部屋には専用のシャワーがあり、ローブやタオル類も備わっています」

わたしはうなずいたが、説明はほとんど聞いていなかった。エバは説明を終えると上階へ戻っていった。この底知れぬ不安が顔に表れない事を願いながら、わたしはクロエとティーナの後に付いてトリートメントルームへ向かった。

「どうぞお入りください、ブラックロックさま」

白い制服姿のウッラが笑顔で迎えてくれた。わたしは部屋に足を踏み入れ、周囲を見回した。部屋は狭かったが、ウッラとわたしの二人だけなら窮屈というほどではなかった。不安も少し薄れた。

部屋の照明は階段のものと同じ、キャンドルをかたどった旧式の電球だった。部屋の中央にベッドが置かれ、その上を白いビニールのフィルムが覆い、足の部分に白いシーツがたたまれてあった。

「ウェルカム、ブラックロックさま。今日は泥パックを行います。今までに受けられたことはありますか？」

わたしは無言で首を振った。

「とても気持ちいいですよ。皮膚の殺菌にも有効です。まず、服をお脱ぎになり、ベッドに横になっていただきます」

「下着はつけたままでいい?」

わたしはスパなどに通い慣れているような、気軽な口調を装った。

「いいえ、泥がついてしまうので、下着も脱いでください」

わたしの気持ちが顔に表れていたのか、ウッラは強い口調で言った。それから彼女はカップボードからしぼりたてのハンドタオルを持ってきた。

「もしよろしかったら使い捨ての下着もありますけど。それを使われる方も多いですよ。どちらにするかはお客様のご自由です。とりあえず下着もお脱ぎください。シャワーはこちらです」

ウッラはベッドの左のドアを指差してにっこりすると、そのまま部屋から出て行った。わたしは服を脱ぎ、素っ裸になってから、紙でできた下着をつけてベッドに横になった。ベッドに敷かれたビニールのフィルムがチクチクして痛かった。足元の白いシーツを引いて顎までかぶったところで、まるで隠しカメラで監視していたかのようにドアがノックされ、ウッラの声が聞こえた。

「入ってもよろしいですか、ブラックロックさま?」

「どうぞ」

泣き出しそうなわたしの声だった。ウッラがボウルを抱えて入ってきた。ボウルの中身はどうやら温かい泥らしかった。

「うつぶせになってくれますか？」

ウッラに優しく言われて寝返りをうとうとしたが、ビニールのフィルムが肌にまとわりついて寝返りをうつのに時間がかかってしまった。

ウッラがドアの端の何かを摘まむと、部屋中がクジラの鳴き声と水しぶきの音に包まれた。

「ごめんなさい」

わたしはうつぶせの苦しそうな格好で言った。

「他の音響に変えてくれませんか？」

「はい、もちろん」

ウッラが何かを押すと、クジラの鳴き声はチベットの鐘の音に変わった。

「これでいかがですか？」

わたしがうなずくと、彼女は始めた。

「では、何かあったら言ってくださいね」

覚悟を決めてリラックスしてしまえば、泥パックはこの上なく気持ちよかった。むしろすぐボーッとなってしまい、ウッラが話しかけているのに気づかないほどだった。

「ごめんなさい」

わたしは眠気を振り払って答えた。

「何か言いました?」

「仰向けになっていただけますか?」

わたしは言われた通り仰向けになった。泥のせいでフィルムの上がつるつる滑った。ウッラはわたしの上半身を布で覆い、脚の表側をマッサージしはじめた。それから順に上部に移っていき、額や、頬や、閉ざしたまぶたにまで泥を塗っていった。そして最後に優しい声で言った。

「泥の効果を高めるために、これから全身を布で覆いますからね。そのあと三十分間そのままにしておいてから泥を落とし、シャワーを浴びていただきます。それまでわたしは別の所にいますから、何かあったらこのボタンを押してください。すぐ参ります」

そう言って彼女はわたしの手にスイッチのボタンを持たせた。

部屋の暖かさと音楽の中の鐘の音の催眠効果は絶大だった。昨夜の出来事も頭から消え、ただ睡眠を貪りたいだけになった。

わたしは夢の中にいた。若い女性が底知れぬ北海の、光の届かない冷たい水の中に浮遊している。笑っている目は白化していて、体は水ぶくれ、しわだらけで泥まみれのTシャツは岩に引き裂かれてボロボロ。長い黒髪だけは生き生きとして昆布のように揺れては漁具や網に絡んでいる。

何か深刻な心配に押しつぶされそうになり、わたしは目を覚ました。自分がどこにいるのか、しばらく思い出せなかった。聞こえてくる唸り音は夢ではなくて現実だと気付くのにしばらく時間がかかった。ベッドから起き上がると震えが来た。

何時間経ったのだろう？　温かかったタオルは冷たくなり、体を覆っていた泥はひびだらけになっている。耳障りな唸り音はシャワー室から聞こえている。心臓がどきどきしてきた。わたしはドアに近づき、両手で取っ手を握ると、勇気を出して押してみた。ドアは難なく開き、熱い蒸気が顔に当たった。わたしはそのまま蒸気の中を進み、ハンドルを見つけて何とかシャワーを止める事ができた。ウッラが来てシャワーを出したのだろうか？　だったら、どうしてわたしを起こしてくれなかったのか？　わたしはびしょ濡れになりながら暗い中を手探りでドアに戻った。顔にへばりついた髪の毛から、水滴がポタポタ落ちていた。スイッチらしきものが手に触れたので、それを押すとシャワー室の中がぱっと明るくなった。と、その時だった。それが目に飛び込んできた。

水蒸気で曇った鏡にこう殴り書きされていた。

〝あれこれ詮索するのはやめろ！〟

BBCニュース、九月二十八日、月曜日
「行方不明の英国人女性、ローラ・ブラックロック氏の遺体デンマークの漁師が発見」

ノルウェー沖で底引き網漁を行っていたデンマークの漁師たちが女性の水死体を引き上げました。

月曜の早朝デンマークの漁師たちが引き上げた女性の水死体について、ノルウェーを旅行中に行方不明になった英国人ジャーナリスト、ローラ・ブラックロック三十二歳ではないか究明するために、ノルウェー警察からロンドン警視庁に協力の要請がありました。

ロンドン警視庁は、しかし、発見された水死体と行方不明事件との関連性について言及するのは断ったとのこと。

ノルウェー警察の発表によると、水死体は若い白人女性で、身元調査は引きつづき続けられているという。

ローラ・ブラックロック嬢のパートナーで北ロンドンに住むジュード・ルイス氏は電話取材に応じたものの、水死体発見についてのコメントは断り、〝ローラがまだ行方不明のままなのに頭がおかしくなりそうだ〟とだけ答えたとのこと。

〔下巻につづく〕

読んでみませんか。発行部数の日本記録を更新しつづけるアカデミー出版の超訳シリーズ！

シドニィ・シェルダン作

ゲームの達人
明日があるなら
時間の砂
真夜中は別の顔
血族
明け方の夢
私は別人
天使の自立
星の輝き
神の吹かす風

ダニエル・スティール作

アクシデント
幸せの記憶
二つの約束
敵意
無言の名誉
贈りもの
五日間のパリ
つばさ
最後の特派員
長い家路

陰謀の日
女　医
顔
空が落ちる
よく見る夢
逃げる男
億万ドルの舞台
リベンジは頭脳で
異常気象売ります
新十戒
結婚不成立
金の成る木
運命の25セント

落雷
ジョン・グリシャム作
裏稼業
呼び出し(召喚状)
甘い薬害
ニコラス・スパークス作
奇跡を信じて
天馬龍行 編著
新・ジョーク世界一
続・ジョーク世界一
決定版・ジョーク世界一
ポーラ・ホーキンズ作
魔女の水浴

第10客室の女（上）

二〇二〇年 二月 一日 第一刷発行

著 者 ルース・ウェア
訳 者 天馬龍行
発行者 益子邦夫
発行所 ㈱アカデミー出版
東京都渋谷区鉢山町15—5
郵便番号 一五〇-〇〇三五
電話 〇三（三四六四）一三一七
FAX 〇三（三七八〇）六三八五
http://www.ea-go.com

印刷・製本 株式会社堀内印刷所

ISBN 978-4-86036-530-1